아프지만 평범한 스물입니다

아프지만 평범한 스물입니다

청소년기의 끝, 우울을 마치며 쓰다

초 판 1쇄 2024년 11월 27일

지은이 한지인
펴낸이 류종렬

펴낸곳 미다스북스
본부장 임종익
편집장 이다경, 김가영
디자인 임인영, 윤가희
책임진행 안채원, 이예나, 김요섭, 김은진, 장민주

등록 2001년 3월 21일 제2001-000040호
주소 서울시 마포구 양화로 133 서교타워 711호
전화 02) 322-7802~3
팩스 02) 6007-1845
블로그 http://blog.naver.com/midasbooks
전자주소 midasbooks@hanmail.net
페이스북 https://www.facebook.com/midasbooks425
인스타그램 https://www.instagram.com/midasbooks

ISBN 979-11-6910-940-6 03810

값 **18,500원**

미다스북스는 다음세대에게 필요한 지혜와 교양을 생각합니다.

청소년기의 끝, 우울을 마치며 쓰다

아프지만
평범한
스물입니다

한지인 지음

Coffee

HAPPY
DAY

미다스북스

이제 막 사춘기를 벗어난 소녀의 솔직담백한 자아 성찰기

저자의 글을 읽으며, '착한 아이 콤플렉스'에 갇혀있던 나의 학창시절이 떠올랐다. 집에서도 학교에서도 모범생으로 살기 위해 노력하며, 내가 좋은 것보다 모두를 만족시키는 쪽을 선택하고는 했다. 나의 감정보다 타인의 감정을 배려하고, 나의 희생으로 문제가 해결된다면 다행이라 생각했다. 그럴듯한 모범생 외형은 갖추었으나 정작 내 자신의 마음을 돌아보는 법을 잘 몰랐다. 사회생활을 하며 결국 일이 한번 터지고 나서야 나 자신에 대한 배려가 그 무엇보다 우선이라는 것을 깨달았다. 그제서야 내가 좋아하는 것과 싫어하는 것, 거절해도 되는 것, 버려야 할 것들을 생각하게 되었다. 좋아하는 것은 남기고, 힘든 것은 과감히 정리하고 나니 이제서야 한결 삶이 평안해졌다.

지인이의 학창시절은 끊임없는 자기성찰의 시간이었다. 질풍노도의 시기에 느낀 다양한 감정을 흘려보내지 않고 내밀히 들

여다보며 스스로가 어떤 사람인지를 발견하고 끌어안았다. 우울한 감정까지도 자신의 일부로 인정하고 공존하는 법을 찾아냈다. 불안한 자신을 포기하지 않고 끊임없이 묻고 답하며 하루하루를 버틸 방법을 찾아냈다.

나는 나와 가장 가까운 친구여야 한다. 내가 나를 잘 알아야 약해진 부분을 채우고 단단해질 수 있다. 이제는 그 누구보다 단단해진 스무 살의 지인이 자신과 같은 친구들에게 건네는 고백에, 청소년 때의 나와 성인인 지금의 나도 함께 고개를 끄덕인다. "맞아… 내가 그랬지. 나도 떨렸지…." 그야말로 공감의 힘이다. 지인이의 따스한 위로에 더 많은 친구들이 희망을 얻기를 바라본다.

한때 "I am not good enough."를 되뇌이며 살았다는 지인이와 같은 친구들에게 해주고 싶은 한마디. 스스로에게 이렇게 말해 보세요.

I am not good at everything but it's ok. I will find my own way.

_KBS 이선영 아나운서

나도 내가
힘들 때가 있었다

　우울증을 진단받고 가장 필요했던 건 공감이었다. 솔직하게 서로의 생각을 털어놓고 얘기하는 것. 그것이 나에게는 가장 필요했다. 공감할 수 있는 책을 쓰고 싶었다. 우울증에 걸리고 힘들었을 때 '나 우울증이야.'라고 말할 자신은 없었다. 그러나 공감과 위로는 받고 싶었다. 그래서 책을 읽었다. 하지만 청소년 우울증에 대한 경험을 담은 책은 많지 않았다. 그래서 내가 써 보기로 했다. 이 책은 나의 중학교 시절부터 스무 살이 된 지금까지의 나의 우울증에 대한 경험과 생각이 들어 있는 책이다. 당시에 썼던 일기나 글도 많이 첨부되어 있다. 그때 당시의 글들은 거칠고 감정이 정제되어 있지 않지만, 나는 이 책으로 많이 솔직해져 보려고 한다. 나의 솔직함이 많은 사람들에게 공감과 위로가 되면 좋겠다. 특히 청소년 우울증으로 고민하는 사람들에게 많은 도움이 되길 바란다.

제1장

우울,
언제부터
시작된 걸까?

──── 우울의 시작을 정확하게 아는 건 쉽지 않다. 많은 병이 정확한 증상이 존재하는 것과는 다르게 우울은 나도 모르게 찾아온다. 바람처럼 다가와 공기처럼 스며든다. 어제까지는 괜찮았는데 오늘부터 갑자기 우울하다기보다는 어느 순간 정신 차려 보니 우울해 미칠 것 같은 경우가 더 많다. 그때가 되어서야 언제부터였는지 돌이켜 생각해 보는 것이다. 특히 청소년기의 우울증은 알아차리기 힘들다. 사춘기와 겹치기 때문도 있고 우울보다는 예민함의 형태로 표현되기 때문도 있다. 나는 기질적으로 예민함을 타고났다. 그래서 우울증에 걸린 것임에도 예민함이 심해진 것으로 생각했다. 나는 제1장에서 내가 겪은 증상들과 했던 생각들을 적어 보려고 한다. 비슷한 증상을 겪고 있거나 겪는 모습을 본다면 유심히 살펴보았으면 좋겠다.

:)

적절할 때
적절한 치료를 받지 못함

병의 시작은 아마 중학교 때였던 것 같다. 중학교 2학년 1
학기에 열심히 하던 무용을 그만두게 되었다. 그런 와중에
새로운 반에 적응하지 못하면서 극심한 우울감이 시작되었
다. (이때의 우울감은 사춘기의 감정 기복이 겹쳐서 더 심했을 것으로 생
각한다.) 적응하지 못했던 이유는 여러 가지가 있지만 가장 큰
이유는 새 친구를 만드는 것을 어려워했기 때문이었다. 1학
년 때 알던 친구들과 모두 다른 반이 된 나는 아는 사람이 없
다는 사실부터 절망스러웠다. 학교를 안 가겠다고 바득바득
악을 쓰는 게 일상이었다. 일부러 아침에 늦게 일어나 보기
도 했고 배가 아프다고 해 보기도 했다. 배가 실제로 아프기
도 했지만, 학교에 가기 싫다는 마음과 배가 아파야만 한다
는 생각은 날 진짜로 아프게 했다. 모든 것을 회피하고 싶었
다. 맞설 수 있는 일이 아니라고 생각했다. 거센 파도 앞에서
무력해지는 것처럼 나 또한 그렇게 무력해진 것이다. 반항심

에 공부를 안 하고 성취도 E를 맞아 보기도 했다. 그때 당시의 생각으로는 '나 이렇게 힘든데 왜 아무도 날 도와주지 않지?', '더 힘들어야 나를 도와줄까?'라는 생각으로 날 더 괴롭혔다. 괜히 할 수 있는 일을 하지 않아 보기도 하고 더 소리 내 울어 보기도 했다. 한번은 수행평가를 하지 않겠다고 도망 다니다가 잡혀서 방과 후에 수행평가를 한 적도 있다.

"지인아, 진짜 안 해? 괜찮겠어? 이러면 0점이야."
"아, 괜찮아요. 미련도 없어요."
"알겠어."

이것은 나의 일상이었다. 그러던 어느 날이었다. 그날도 학교에 다녀와서 집에서 울던 날이었다. 방에서 우는 나에게 엄마가 다가왔다.

"엄마, 나 살기가 힘들어. 살기가 싫어."

이것이 내가 처음 병원을 가게 된 계기였다. 죽겠다고 난리 치며 병원에 보내 달라는 나를 보고 엄마는 대학병원에 예약을 잡아 주셨다. 하지만 대학병원은 나와 잘 맞지 않았다. 의사 선생님과 나 둘만 있을 거로 생각했던 것과는 다르게 간호사 선생님들과 엄마와 함께하는 자리는 이야기를 정확하게 전달하기 힘들게 했다. 거기다가 대학병원 초진의 특성상 힘들 때 바로 갈 수 없기 때문에 감정 또한 많이 무뎌진 상태였다.

"어떤 일로 오셨나요?"
"좀 힘들었는데 지금은 괜찮은 것 같아요."

그러자 의사 선생님께서는 나에게 상담 선생님을 한 분 추천해 주었다. 그렇게 나의 상담 선생님을 만나게 되었다. 선생님은 나와 잘 맞았다. 전에 만났던 선생님들과는 다르게 나의 의견을 잘 들어 주셨을 뿐만 아니라 선생님의 의견을 잘 말해 주셨기 때문이다. (이후에 이야기할 과외 선생님과 더불어 나의 힘든 고등학교 시기를 버티게 해 준 분이다.) 상담도 받고 시간도 많이 지나 학교에 적응하기 시작하면서 나의 증상들이 조금씩 나아지기 시작했다. 그리고 공부를 시작했다. 시험이 어려운 학교가 아니었기에 공부를 하는 대로 성적이 오르는 것을 보며 성취감을 느꼈다. 공부하기 시작하고 욕심이 생겼다. '욕심'이라는 감정은 나를 더 나아가게 해 주었다. 그렇게

1학기가 마무리되었다.

　나의 중학교 2학년 2학기는 한마디로 정의하자면 '성취감'이었다. 무용을 그만두고 슬럼프가 찾아왔던 나에게 성취감은 다시 살아갈 이유를 만들어 주었다. 나에게는 늘 존재 이유가 따로 있었다. '무용'은 나의 자존감 그 자체였다. 공부를 하는 친구들과 다르게 예체능을 한다는 사실은 어렸던 나의 자존감을 채우기에 충분했다. 그랬던 나에게 또 새로운 자존감의 원천이 생겼다. 바로 '공부 잘하는 학생'이었다. 혼자 있는 걸 싫어하지 않았던 나와 공부는 꽤 잘 맞았고 공부하는 대로 성적이 오르니 재미도 있었다. 학교에 적응하기 시작하면서 학업적인 부분뿐만 아니라 친구 관계도 좋아지기 시작했다. 이때 처음 좋아하는 사람도 생기고 잘 맞는 친구들도 만나며 나름 좋아지는 것 같다고 생각했다. 이때까지는 그것이 감정 기복의 일부라고 생각하지는 않았다. 그저 내가 학교에 적응했기 때문에 새 친구를 만났고, 내 마음이 편해졌기 때문에 친구들에게 말을 걸어 볼 수 있었다고 생각했다. 하지만 이것은 긴 감정 기복의 서막이었다.

　이렇게 2학년이 끝나고 3학년에 올라가기 전 코로나가 시작되었다. 사람들을 만나지 못해 코로나 블루가 오는 보통의 사람들과는 다르게 나는 새로운 사람들을 만나는 것이 힘들었다. 그렇기에 코로나 시기가 그리 나쁘지 않았다. 등교는 당연히 하지 못했고 등교를 한다고 해도 잠깐잠깐 가는 날이 많았다. 덕분에 잘 먹고 잘 쉬며 괜찮은 시간을 보냈다.

　이때 잘 먹는 것의 중요성을 배웠다. 무용을 하던 시절 체중 관리에 대한 압박감 때문에 잘 먹지 못했던 나는 매일이 약간 예민한 상태였다. 하지만 제시간에 밥을 정량으로 잘 먹는 것만으로도 기본적인 예민함이 많이 사라졌다. 나는 중학교 시절 감정을 숨기는 법을 배웠다. 아파도 아프지 않은 척, 힘들어도 힘들지 않은 척하는 법을 배웠다. 아무리 힘든 티를 내도 아프다고 인정해 주지 않았기 때문이었다. '인정' 그것은 내가 중학교 때 가장 바라던 것이었고 또 아무도 해주지 않은 것이었다. 사춘기라는 것은 나의 우울감을 '다들 그런 것'으로 치부했고 적당한 시기에 적당한 치료를 받지 못하게 했다. 나는 지금도 그 시절이 단순한 사춘기라고 생각하지 않는다. 나의 가방끈들은 모두 어딘가에 걸린 적이 있었고 매일 밤 내일이 오지 않기를 바랐다. 청소년 우울증이 위험한 이유는 여기에 있는 것 같다.

'적절할 때 적절한 치료를 받지 못함'

벼랑 끝에 서 있는 줄
몰랐는데요

    나는 동네에서 괜찮다고 불리는 자사고에 입학하게 되었다. 이것 역시 운이 좋았는데 우리 학교를 지원한 인원이 뽑는 인원보다 적었기 때문에 중학교 때의 나쁜 성적과 출결로도 입학할 수 있었다. 중학교 때는 내가 중학교를 제대로 졸업할 수 있을 것이라고도, 고등학교에 갈 수 있을 것이라고도 생각해 본 적이 없었기에 무단으로 학교를 가지 않는 날도 있었다. 그래서 출결은 난리가 났고 코로나가 아니었다면 입학할 수 없었을 것이다. 자사고에 입학하게 된 이유는 공부 때문만은 아니었다. 보통의 학생들은 비슷한 초등학교, 비슷한 중학교, 비슷한 고등학교에 가기 때문에 이미지를 바꾸기 쉽지 않다. 고등학교에 가며 새로운 인생을 살아 보고 싶었다. 비슷한 환경에 지루함을 느꼈기 때문도 있었고 지금까지의 인생이 마음에 들지 않았기 때문도 있었다. 나는 이것을 '도자기를 깬다.'라고 표현하는데 인생이 마치 도자기를 빚는 과정처럼 느껴지기 때문이다. 정성스럽고 예쁘게 빚어 온 지금까지의 도자기를 깨고 새로운 도자기를 빚고 싶은 마음이 들었다. 그래서 아는 사람이 없는 고등학교에서 새로운 도자기를 빚어 보기로 한 것이다. 그렇게 우리 동네 친구들은 잘 가지 않는 학교를 선택하게 되었다. 그때가 내 인생의 변곡점이었다. 변곡점의 사전적 정의는 '굴곡의 방향이 바뀌는 자리를 나타내는 곡선 위의 점'이다. 흔히 인생은 속력이 아닌 속도라고 말한다. 인생의 굴곡은 상당히 중요한 역할을 하는 것이다. 좋은 친구들을 만났고 고등학교 3년 내내 흔들리는 나의 인생을 올바른 길로 가게 해 주신 과외 선생님을 만나게 되었다. 과외 선생님은 수학을 가르쳐 주셨지만, 나의 전반전인 스케줄 관리와 생활 관리를 해 주셨다. 선생님은 나와는 다르게 흔들리지 않는 분이셨다. 다들 초등학교 때 방울토마토를 키워 본 경험이 있을 것이다. 방울토마토가 잘 자라기 위해서는 지지대가 필요하다. 지지대는 초반에는 얇은 나무젓가락으로도 가능하지만 토마토가 자랄수록 더욱 튼튼한 지지대가 필요해진다. 나는 사람도 지지대가 필요하다고 생각한다. 각자에게 필요한 지지대의 종류는 다를 수 있다. 가령 가족, 친구, 자신의 꿈 같은 것들이 있다. 나에게 선생님은 튼튼한 지지대 같은 존재였다. 중학교 3학년 방

아프지만 평범한 스물입니다

학부터 선생님은 나에게 책과 신문을 읽게 하셨고 다양한 다큐멘터리도 보게 하셨다. 그것들은 상식에 관련된 것들이었지만 나의 자존감에도 많은 도움이 되었다. 나는 지식을 채우는 것이 우울감에 많은 도움이 된다고 생각한다. 우울감은 자존감과 큰 관련이 있다고 생각한다. 지식을 채우는 것은 적어도 나에게는 더 나은 사람이 된 것 같은 기분을 느끼게 해 주었다. 나은 사람이 된 것 같다는 기분은 우울증 회복에 중요한 역할을 한다. 내가 우울증을 겪으면서 가장 힘들었던 것 중 하나가 바로 '쓸모없는 사람'이라는 감정이었다. 그런 점에서 신문을 읽고 다큐를 보는 것으로 나의 쓸모를 느낀다는 것은 정말 좋은 일이었다. 나는 중학교 때보다 훨씬 많은 공부량을 소화해 내면서도 감정적으로는 중학교 때만큼 힘들지 않았다. 쳇바퀴처럼 굴러가는 삶이 나름 만족스러웠다.

그때는 알지 못했다. 벼랑이라는 이름의 행복은 길지 못하리라는 것을. 더욱더 행복해지는 것은 더 높은 벼랑으로 올라가는 것과 같았고 결국 날 더 높은 곳에서 떨어지게 할 것이라는 것을.

낙하
– 행복하면 안 되는 사람

　고등학교 1학년이 되고 등교를 시작했다. 그리고 난 처음으로 '행복하다.'라는 기분을 느껴 보았다. 나와는 다른 삶을 살아왔고 감정적으로도 나보다 성숙한 친구들은 나를 행복하게 했다. 정말 오랜만에 아침에 일어나서 상쾌하게 학교에 갈 준비를 했다. 나는 과외에 갈 때마다 선생님께 말했다.

　"선생님, 저 너무 행복해요. 이 친구들은 저를 더 나은 사람으로 살고 싶게 해요."

　중학교와 고등학교의 차이인 것 같기도 한데 중학교 학생들이 친구 관계에 목을 매는 것과는 다르게 고등학생들, 특히 우리 학교에는 공부를 열심히 하는 학생들이 많았다. 그렇기 때문에 자연스럽게 친구 관계에 대해 그렇게 큰 신경을 쓰지 않고 개인주의적인 성향도 가지고 있었다. 또 코로나로 인한 급식실 자리 분리나 짝꿍 없애기 같은 것들도 나에게 잘 맞았다. 친구들은 새 친구를 만드는 데 거리낌이 없었고 나도 자리 주변 친구들과 친해지게 되었다. 학기 초에는 늘 힘들던 것과는 다르게 일이 잘 풀려만 가고 있었는데도 행복함은 또 다른 불행을 가져왔다.

'더 좋은 사람이 되어야 해.', '아직 부족한 사람이야.'라는 생각은 나를 집어삼켰고 좋은 사람이 되어야 한다는 강박을 만들어 냈다. 의도적으로 말을 검열했고 조금만 잘못한 것이 있어도 사과했다. 또 나쁜 말은 전혀 하지 못하고 내 생각을 드러낼 수 없는 사람이 되어 있었다. 나 자신을 드러낼 수 없음, 즉 거짓말은 사람을 불안하게 만든다. '들키면 어떡하지?', '진짜 나를 알게 된다면 나를 싫어할 거야.', '절대 들키지 않게 꼭꼭 숨기자.' 그때 당시 썼던 글 중 일부를 발췌해 왔다

1. 감정 티 내지 않기
2. 규칙적으로 살기
3. 제발 생각하고 말하기
4. 선 넘는 말 하지 않기
5. 선 넘는 행동 하지 않기

6. 과한 행동 하지 않기

7. 집착하지 않기

8. 나쁜 말 하지 않기

9. 아는 척하지 않기, 난 아무것도 모른다

10. 신경 쓰이는 행동은 하지 말기

11. 신문 읽자

12. 올바른 생각을 가지고 살자

13. 내가 싫으면 남도 싫다

14. 난 괜찮아도 저 사람은 싫을 수 있다

15. 어제보다 나은 내가 되기 위해 노력하자

말하지 않으면 실수할 일도 없으니까.

누군가 날 미워하는 게 두려워.

나의 행동이 누군가를 지치게 할 것 같아.

나와 친해지면 날 알게 되고 나의 나쁜 점도 보게 되겠지.

지인아, 잘 포장해. 잘 꾸며. 티 안 나게 잘 꾸며.

맑은 사람을 보여 주고 날 보여 주기 싫다면 숨기는 게 최선이야.

이 글은 내가 만든 나만의 행동강령이었다. 해야 하는 것과 하지 말아야 할 것. 이때의 나는 이 리스트에 묶여 사는 허수아비 같은 존재였다. 자아가 없는 삶이었다. 그렇기 때문에 학교에서는 웃고 집에 와서는 엉엉 우는 날들이 반복되었다. 그렇게 두 번째 병원에 가게 된다. 두 번째 병원에서는 본격적으로 검사도 받고 상담도 받았다. 하지만 의사 선생님이 나와 잘 맞지 않았다. 선생님은 정말 말 그대로 말을 듣기만 하는 벽 같았다. 나는 엉엉 울며 말하고 있는데 표정 변화도 하나 없이 듣고만 있는 선생님을 보자 자연스럽게 '아, 역시 나는 보통 사람들은 다 견디는 것도 견디지 못하는 나약한 사람이야.'라고 생각하게 됐다. 약도 역시나 쓰지 못했다. 상담 내내 무심해 보이던 의사 선생님이 약을 쓰지 않아도 된다고 판단했기 때문이었다. 두 번째 병원에 갈 때는 기대가 컸다. 첫 번째 병원이 실패한 원인이 대학병원이어서라고 생각한 까닭이었다. 두 번째 병원까지도 실패하자 이젠 더 이상 병원에 가자고 하기 두려웠다. 나의 과민함이 병이 아니라고 스스로 판단했다. 1학년 때 쓴 일기에서도 내 생각이 잘 드러난다. 그때 썼던 일기 몇 편을 첨부한다.

※

2021.11.27.(고등학교 1학년 말)

하루가 마무리될 때쯤 조용한 방에 혼자 누워 있으면 여러 가지 생각이 든다. 가장 자주 드는 생각은 '나'에 대한 것이다. 나는 누구인가, 나는 어떤 사람이 되고 싶은가, 나는 어떻게 살았고 반성할 점은 무엇일까 등의 여러 가지 생각을 하는데 결론은 보통 우울이다. 나에 대한 생각을 오래 하다 보면 늘 나쁜 생각으로 빠져들게 된다. '나는 저렇게 살지 못해서 안 돼.', '나는 저런 환경에서 자라지 못해서 안 돼.' 같은 부정적인 생각들이 든다. 하지만 그런 부정적인 생각 속에서도 가끔 멀쩡한 생각을 할 때가 있는데 최근 했던 생각은 도움을 받아 보고 싶다는 것이었다. 나의 긍정적인 부분이라면 실수를 반성한다는 점인데 그게 나쁘게도 작용했다. 나의 실수에 대한 꼬리를 무는 생각들은 나를 우울 속에 또 부정적인 생각 속에 가뒀고 점점 더 나를 꼭꼭 숨게 했다. 나는 그것이 옳다고 생각했고, 나를 드러내지 않는 것이 옳고 나를 모르면 나의 나쁜 부분도 모를 것이라는 믿음이 있었다. 꽤 오랜 기간 이렇게 살아 본 결과는 솔직히 나쁘지 않았다. 기쁘지도 않았지만 슬프지도 않았다. 친구는 없었지만 적도 없었다. 그냥 그게 좋고 편했다. 그런데 내가 결정적으로 이런 행동들이 문제라고 느꼈던 때는 2학기가 시작되고도 조금 시간이 지

아프지만 평범한 스물입니다

났을 때였다. 오랜 기간 동안 모든 것을 하지 않는 방식으로 나쁜 일을 피하다 보니 조금만 우울함이 찾아와도 일상생활이 되지 않았다. 너무나 깊게 빠졌고 도저히 빠져나오는 방법을 알지 못했다. 친구와 거리를 두는 것에 익숙해졌더니 사람을 만날 수 없는 사람이 되어 버렸다. 나는 너무나 두려웠고 다시 편했던 그때로 돌아가기 위해 노력했지만, 노력으로 되는 일이 아니란 것을 깨달았다. 그래서 나는 상담을 다시 받아 보기로 했다. 나의 감정을 마주하는 연습, 올바르게 감정을 표현하는 연습, 사람을 대하는 연습들을 하면서 '나'를 올바르게 피하지 않고 바라보는 연습을 해 보기로 했다. 아무것도 모른다는 마음으로 처음부터 다시 해 보기로 했다. 나는 좋은 사람이 되고 싶고 어제보다 나은 오늘을 살고 싶기 때문에.

❊

2021.11.29.

오늘은 A라는 친구와 멘토 멘티를 했다. 솔직히 일주일 중 가장 신나는 날이다. A를 만나면 나도 긍정적인 사람이 되는 것만 같아서 좋다. 사실 요즘 신나는 일이 또 있는데 A와 B와 내가 셋이 친해졌다는 것이다. 같이 대전 갈 계획도 세우고 놀다 보면 굉장히 웃기고 신이 난다. 하지만 나는 이 행복이 싫다. 친구들의 행동 하나하나에 신경 쓰게 되고 날 너무 많이 드러내는 것 같아서 싫다. 너무 두렵다. 저 친구들이 날 떠나갈까 봐, 나의 모습을 알고 도망갈까 봐, 나만 도태될까 봐, 너무 두렵다. 난 사람은 비슷한 사람끼리 만난다고 생각한다. 그래서 더 무섭다. 나는 미친 듯이 발버둥 쳐야 겨우 비슷해질 수 있다는 것이 비참하다. 요즘 내 기분은 미친 듯이 요동친다. 만나면 재미있고 좋은데 그 외의 시간에는 심하게 우울하다. 시험 기간에 아무것도 하지 못하는 내 자신이 너무 한심하다.

※

2021.11.30.(병원 가기 전)

오늘은 신나는 일이 있다. 처음으로 친구들끼리 2박 3일 대전 여행을 가기로 했다. 너무 신난 것 같긴 하지만 신날 때는 아무 생각도 들지 않는다. 상담이 아니라 병원에 가 보기로 했다(두 번째 병원). 내가 그렇게 하고 싶다고 말했다. 장기적으로 보면 상담이 더 도움이 될 수도 있겠지만 가끔 가짜 약이라도 먹고 싶은 날이 있다. 사실 나는 아픈 사람으로 인정받고 싶은 것 같기도 하다. 중학교 때부터 계속 힘들었는데 스스로 해결해 보겠다고 노력했다. 그런데 요즘 스스로 해결할 수 없는 문제라는 생각이 들었다. 무엇인지 모르겠는 두려움이 날 잡아먹어 버릴 것 같은 기분이 들면 나는 끝없이 떨어진다. 그런데 잘 생각해 보니까 행복할 때 이런 고통이 더 자주 찾아왔다는 것을 깨달았다. 나는 이것을 낙하라고 부르는데 행복하면 더 낙폭이 커지기 때문에 더 힘든 것 같다. 그래서 행복하지 않기 위해 노력했다.

※

2021.12.13.(병원 다녀온 이후)

병원은 좀 별로였다. 약간 뭐 이런 일로 병원에 왔냐는 느낌을 받았다고 해야 하나. 되게 내가 작아지는 기분이었다. 난 나름 힘들어서 간 병원이었는데 내가 괜찮아 보였던 것 같다. 나 안 괜찮은데, 힘든데. 기대하고 갔던 병원이라 그런지 더 실망이 크다.

자살이라는
도피처

　때는 중학교 2학년이었다. 그날도 마찬가지로 힘든 하루를 보내고 돌아왔다. 침대에 누워 울고 있는데 무언가 용기가 생기는 듯한 기분이 들었다. 바로 죽을 용기였다. 늘 나는 죽고 싶다는 생각만 했지 실천할 생각은 하지 못했다. 무서웠기 때문이다. 하루하루를 살아가는 것은 힘들었지만 도저히 용기가 나지 않았다. 하지만 그날은 달랐다. 할 수 있을 것만 같았다. 그래서 벌떡 일어나 실천에 옮겼다. 내가 가진 끈 중 가장 튼튼해 보이는 것을 골랐다. 그리고 옷장에 걸었다. 눈물을 뚝뚝 흘리며 유서도 적었다. 준비를 다 마치고 옷장을 가만히 바라보았다. 책상 위에 놓아둔 눈물 젖은 유서도 다시 읽어 보았다. 나는 그대로 주저앉았다. 울음이 나오는 것을 참을 수 없었다. 솔직히 말하면 남은 것들이 신경 쓰인 것은 아니다. 그저 서러웠다. 이런 것마저 스스로 해낼 수 없다는 사실이. 죽는 것도 쉽지 않다는 현실이. 한참을 울다 일어나 적었던 유서를 찢어 버렸다. 그리고 불을 끄고 블라인드를 쳤다. 그대로 침대에 누웠다. 고요한 적막과 눈이 아직 적응하지 못해 아무것도 보이지 않는 어둠은 나를 편안하게 했다. 죽는 것에 실패했으니 다음 날은 또 일상을 살아 내야 했다. 그 사실에 절망하며 잠에 들었다.

그날 이후로 자살을 시도해 본 적은 없다. 내가 해낼 만한 일이 아니라는 것을 깨달았기 때문이다. 대신 수동적인 생각을 자주 했다. '오늘은 꼭 죽어야지.' 대신 '저 지나가는 차가 실수로 날 쳐 줬으면 좋겠어.' 같은 생각들을 말이다. 너무 힘들 때는 웃을 자신이 없어 학교에 나가지 않았다. 다행인지 모르겠지만 스트레스성인지 배는 매일 아팠다. 병원에 간다는 핑계로 학교를 빠지는 것이 일상이었다. 이제 와서 생각해 보면 나에게 필요했던 것은 죽음이 아닌 쉼이었다. 사랑하는 사람이 보살펴 주는 아래에서 제대로 된 치료를 받으며 쉬는 것이 이루어졌다면 조금 덜 힘들 수 있지 않았을까.

우물 안
개구리

우물 안의 개구리들은 그곳이 나쁘다고 생각하지 않는다. 편안하고 아늑하다고 생각한다. 가끔 바깥이 궁금하다고 생각할 수도 있겠지만 용기가 있는 개구리가 아니라면 나가려고 시도하지 못한다. 우물 안의 개구리들은 그렇기에 불행하지 않다. 그 생활이 당연하기에. 그 감정이 당연하기에…. 그러다 어느 한 개구리가 우물 밖으로 나간다. 우물 밖으로 나간 개구리는 우물 밖의 세상에 놀랄 것이다. 파릇파릇한 풀과 졸졸 흐르는 시냇물 반짝이는 햇빛 모두 개구리에게는 축복일 것이다. 그와 반대로 우물 안에 남은 개구리들은 더 이상 행복하지 않다. 우물 밖으로 나갈 수 있다는 걸 알았기 때문에…. 나갈 용기는 없지만 나갈 수 있다는 가능성을 알아버린 개구리들은 전처럼 행복하지 않다.

우물 밖의 개구리는 잠깐의 행복을 즐긴다. 우물 안에서는 느낄 수 없었던 쨍쨍한 햇빛도 느끼고 시냇물에 가서 시원한

물도 마신다. 오랜만에 신선하고 맛있는 식사도 하며 행복한 시간을 보낼 것이다. 우물 밖의 개구리는 행복에 취해 언제든 다시 우물 안으로 던져질 수 있다는 사실을 깨닫지 못한다. 이 행복이 영원할 것이라고 믿는다. 이 행복이 너무 좋아서 끝나지 않았으면 하는 마음이 위기에 대처하지 못하게 한 것이다.

결국 우물 밖의 개구리는 사람에게 발견되어 우물 안으로 다시 던져진다. 그리고 그 사람은 개구리가 다시 나올 수 없도록 우물을 닫아 버린다. 이때 떨어진 개구리의 마음은 어떨까. 아마 참을 수 없는 우울감이 찾아올 것이다. 한번 행복을 알아 버린 개구리는 다시 어두컴컴한 우물 안에서 살기 힘들 것이다.

나는 이것이 나의 감정과 비슷하다고 생각한다. 내가 두려워했던 감정은 때로는 떨어진 개구리와 비슷했고 때로는 용기 있는 개구리와 비슷했으며, 어느 때는 용기를 가지지 못한 개구리와 비슷했다. 아득한 불행과 용기 있는 행복, 그리고 불행의 고통, 내가 늘 느껴 왔던 감정들은 바로 이것이었다.

조건 없는 사랑이
무서울 때

　우울증은 엄마의 사랑마저 의심하게 한다. 나는 늘 나의 쓸모를 의심했다. 나는 예쁜 얼굴을 가지고 있어서 누군가에게 웃음을 주지도 못하고 공부를 잘해서 부모님의 자랑이 되지도 않았으며 성격이 좋아서 누군가에게 행복을 주지도 못했다. 그런 나에게 무조건적인 사랑과 지원을 해 주는 엄마가 이해되지 않았다. 나는 딸이라고 무조건적인 지원을 해 주는 것은 아니라고 생각했다. 그때의 나는 엄마를 나에게 지원을 해 주는 일종의 투자자로 생각했다. 그렇기 때문에 나는 나의 투자가치를 의심했다. 투자하기 위해서는 투자가치가 필요하고 투자가 끊이지 않기 위해서는 그것을 유지해야 했기 때문이었다. 자존감이 낮았던 나는 아무리 생각해도 나에게 투자해야 할 이유를 찾지 못했다. 나는 한국무용을 했었고 학비가 나가는 고등학교에 다녔으며 온갖 과외와 대치동 학원들을 섭렵했다. 생각을 아무리 해 봐도 본전도 찾기 힘든 투자였다. 우울증이 심했던 그때의 나는 무조건적인 사랑에 대해 이해하지 못했다. 그래서 엄마에게 물어본 적도 있다.

"엄마는 왜 나에게 잘해 줘? 난 예쁘지도 않고 성격도 나쁘잖아. 공부도 투자한 것에 비해 잘하지 못하고."
"넌 내 딸이잖아."
"그럼 나 사랑해?"
"당연히 사랑하지."

항상 확인받고 싶었다. 내가 어떤 짓을 해도 내가 어떤 사람이어도 사랑해 줄 사람이 있다는 사실을 확인받고 싶었다. 한번은 상담 선생님께 말한 적도 있었다.

"선생님, 저는 엄마가 왜 저에게 잘해 주는지 모르겠어요. 저는 엄마에게 잘한다기보다는 상처만 주는 것 같거든요."

나는 엄마의 우선순위가 늘 나였으면 했다. 그것은 어떠한 불안감에서 기인한 것 같다. '내가 이렇게까지 해도 나를 사랑해?'가 확인받고 싶었는지도 모르겠다. 그리고 다른 모든 사람에게 버림받아도 엄마만큼은 날 버리지 않아 줬으면 하는 바람이었던 것 같기도 하다.

　엄마는 소위 워커홀릭이다. 일을 사랑하고 하는 일에 자부심을 가지고 산다. 나는 그것이 마음에 들지 않았다. 우선순위가 밀린 것 같았기 때문이다.

　"엄마가 날 신경 쓰기는 해?"
　"나는 항상 우선순위에서 밀리는 것 같아. 엄마는 일만 좋아하잖아."

　내가 정말 자주 했던 말들이었다. 그럴 때마다 엄마는 상처받은 표정을 하며 말했다. 그리고 그 표정은 나의 분노에 가려져 보이지 않았다.

　"엄마는 늘 네가 첫 번째야. 너 신경 쓰일까 봐 티 안 내는 건데 그렇게 말하면 엄마 서운해."

　그때의 나는 두 가지 감정에 휩쓸렸다. 동생이 생겨 애정을 뺏긴 첫째가 된 기분이었다. 나에게만 향하던 사랑이 다른 곳에 분산되자 참을 수 없었다. 버려질까 무서웠다. 엄마한테까지 1순위가 아니라면 나는 쓸모없는 인간이 되는 것만 같았다. 엄마의 말은 들리지 않았다. 커지는 생각은 그 누구의 말도 들리지 않게 했다. 두려웠다. 한계를 시험하는 사람이 된 것만 같았다. 이렇게까지? 이렇게까지 해도? 그 과정에서 나와 엄마 그리고 가족 모두는 상처받았다. 믿지 못하고 들리지 않는 사람에게 무언가를 계속 말하는 것은 상당히 힘이 드는 일이다. 원하는 대답을 정해 놓고 묻는 딸과 그 대답이 나올 때까지 스무고개를 하는 엄마의 심정이 이제야 이해가 간다.

떡볶이
먹을까?

나는 배가 고파지면 유독 우울하고 예민해진다. 사실 내가 이러한 사실을 알아차린 것은 아니었다. 내가 짜증을 낼 때마다 옆에 있었던 엄마가 알려 준 것이었다.

"너 지금 배고파서 그래."

"떡볶이 먹을까?"

"화내지 말고 일단 먹고 다시 얘기하자."

엄마는 우울증 환자와 오랜 시간 함께하며 알게 모르게 우울 박사가 되어 있었다. 내가 이유 모르게 짜증을 낼 때도, 기분이 안 좋아 보일 때도 늘 적절한 해결책을 찾아 왔다. 보통 이유 없는 짜증은 정말로 신기하게 배고파서일 때가 많았다. 그리고 엄마는 그때마다 귀신같이 알아차렸다. 마치 나만의 조련사가 된 것 같았다. 그래서일까 나는 잘 먹지 못했던 시절 가장 예민했다. 우울한 것은 아니었지만 예민함은 최고조에 달해 있었다. 나는 한국무용을 했고 필연적으로 체중을 조절해야 했다. 안 그래도 예민한 기질을 타고났는데 마음껏 먹지도 못하게 하니 아주 미칠 지경이었다. 그나마 몸을 움직일 때는 조금 나았다. 우울함이나 예민함은 쉬는 것보다는 움직이는 쪽이 더 효과적이기 때문이다. 하지만 문제는 집에 와서 시작되었다. 한번은 집에 도착했더니 가족들이 야식을 먹고 있었다.

"지인아, 너도 먹을래?"
"안 되는 거 알잖아. 못 먹는 것도 서러운데 왜 물어봐서 속상하게 해?

이렇게 말하고는 방으로 들어가 버렸다. 꼭 야식 문제가 아니더라도 이런 식으로 짜증을 내는 일은 한두 번이 아니었다. 나는 여행을 많이 다녔다. 그리고 여행 중에는 혼자 방에 들어가서 화를 삭이기 쉽지 않다. 그래서 여러 가지 일들이 생겼다.
중학교 1학년 때 갔던 여행은 고모의 결혼식 때문이었다. 엄마는 플로리스트인데 고모의 웨딩 꽃을 해 주기 위해 유럽에 가는 일정에 내가 따라간 것이었다. 10박 11일 일정에 처음 5~6일은 괜찮았다. 아름다운 자연경관과 예쁜 도시들은 열세 살의 마음을 사로잡기 충분했다. 하지만 사람은 적응의 동물이라고 했던가. 점점 예쁜 것들에 흥미가 식었고 잘 먹지 못한 채 시간이 오래 지나자 예민함이 올라왔다. 엄마가 나를 신경 써 주지 않는 것을 이해했지만 서운함이 더 컸고 결국 그대로 토라져 버렸다. 그때의 나는 관심을 받고 싶었다. "지인이 무슨 일 있어?"라는 말이 듣고 싶었다. 하지만 화난 나를 신경 쓰기에는 어른들은 너무 바빴고 나는 입을 다물어 버렸다. 뒤늦게 엄마가 알아차리고 말을 걸어 주었지만 그게 서러워 더 말하지 않았다. 나는 이 여행에서 2kg이나 빠져서 돌아왔다. 잘 먹어도 기질적으로 예민한데 못 먹고 걷기만 하니 정신적으로 버티지 못한 것이다.

무용을 그만두고 코로나가 시작되었다. 그러자 급식을 먹을 일이 자연스럽게 줄어들었고 나는 내가 먹고 싶은 것들을 마음껏 먹을 수 있게 되었다. 나의 예민함은 수많은 떡볶이와 함께 내 뱃속으로 사라졌다. 158cm에 36kg일 때보다 동글동글해진 지금의 나는 우울할 때는 있지만 주변 사람들에게 예민하게 굴지 않는다. 그게 내가 지금의 내가 더 좋은 이유 중 하나이다. 내가 마음에 드는 모습으로 살자. 내가 나를

더 사랑해 줄 수 있는 모습으로 살자. 그러면 삶이 더 행복해
질 것이다.

아프지만 평범한 스물입니다

충전이
필요해

나는 엄청난 MBTI I 인간이었다. 내가 생각했을 때 내향적인 사람은 하루에 바깥 활동으로 사용할 수 있는 에너지가 외향적인 사람에 비해 적다. 나는 사람을 만나면 꼭 충전이 필요했다. 내가 얼마나 좋아하는 친구인지에 상관없이 내가 말을 많이 하는 것 자체가 에너지를 소비하는 일이었다. 내가 유독 심했던 것 같기도 하다. 잘 보여야 한다는 강박감이 있었다. 또 사람을 웃기고 싶다는 약간의 바람도 있었다. 하루에 사용할 수 있는 에너지를 100이라고 한다면 나는 보통 외출 시간이 반나절이 넘어가면 에너지가 모두 소진된다. 그럴 때는 다시 집에 가서 충전해야 한다. 충전하지 못하면 마치 방전되어 버린 핸드폰처럼 전원이 꺼져 버린다. 어색하게 웃고 말을 잘하지 못하며 졸음이 몰려온다.

중학교 2학년 때 무용학원에서 이탈리아로 공연을 간 적이 있다. 11박 12일 일정이었다. 그리고 내 인생 처음으로 친구들과 간 나름의 여행이었다. 처음에는 마냥 즐거웠다. 사진도 많이 찍고 예쁘게 화장도 하고 즐겁게 이야기도 나누었다. 설레는 마음을 가득 안고 간 공연은 생각만큼 쉽지는 않았다. 밤 공연이면 아침부터 일어나서 분장도 받고 연습해야 했고 밤늦게 숙소에 돌아왔다. 숙소의 환경도 생각했던 것만큼 좋지는 않았다. 룸메이트가 많았기 때문이다. 나는 하루 반나절이 지나면 방전되는 사람인데 하루 종일 누군가에게 가면을 쓴 모습을 보여야 한다는 것은 부담스러운 일이었다. 결국 일이 터졌다. 까칠하지 않게 말해야 하는 상황에서 까칠하게 군 것이다. 친구들은 날 이상하게 생각했고 나는 당황했다. 그래서 해결책으로 공연을 다녀와서 침대에서 혼자 쉬는 시간을 가졌다. 새벽 5시였다. 모두가 자는 와중에 혼자 시간을 가지니 피곤함보다 편안함이 컸다. 그날 이후로는 자주 그런 시간을 가졌고 아무 일도 없이 돌아올 수 있었다.

그때의 기억이 생생하다. 이미지 관리에 목숨 걸던 나의 가면이 벗겨진 순간이었기 때문이다. 그리고 그 모습은 아름답지 못했다. 지금은 많이 성숙해졌지만, 그때의 본모습은 날 것 그대로 예민함이었기 때문이다.

충전이 필요할 땐 어떻게든 충전을 해야 한다. 방법을 찾아내야 한다. 저전력 모드로는 오래 버틸 수 없다.

우울과 친해지는 첫 번째 방법
: 만약 없애기

만약은 참 무서운 말이다.

"만약 시험을 못 보면 어떡하지?"
"만약 내가 그때 다르게 행동했었다면."

　수많은 만약들은 후회와 걱정으로 돌아온다. '그러지 말았어야 했는데.', '잘못될까 봐 걱정돼.' 후회와 걱정 모두 한다고 문제 해결에 큰 도움이 되지 않는다. 과거는 후회를 만들고 미래는 걱정을 만든다. 그렇다면 우리는 현재를 살아가야한다. 현재를 살아가기 위해 내 인생에 만약을 없앴다. 그러자 내 인생에 '싶다'가 찾아왔다.

　'만약 시험을 못 보면 어떡하지?' 대신 '시험 잘 보고 싶다.'
　'만약 내가 그때 다르게 행동했었다면' 대신 '좀 달라지고

싶다!'

인생에 찾아온 '싶다'는 '만약'보다 나를 현재에 머무르게 했다. 현재에 사는 사람은 후회와 걱정으로 하루를 보내지 않는다. 그리고 그렇게 만들어진 현재들이 모여 빛나는 매일을 만들 것이다.

제 2 장

인생에
항우울제가
추가된다는 것

─── 인생에 항우울제가 추가된다는 것은 어떤 것일까. 나는 귀찮은 루틴이 하나 추가되는 정도라고 말하고 싶다. 자기 전에는 양치하고 샤워를 한다. 그것에 약 먹기가 하나 추가되는 것이다. 까먹을 때도 있고 귀찮을 때도 있다. 약을 먹기 전에는 정신과 약을 먹으면 인생이 바뀔 줄 알았다. 약을 먹자마자 술을 마신 것처럼 기분이 좋아지고 행복해질 줄 알았다. 그러나 내가 약을 먹으면서 느낀 것은 그것과는 다른 종류였다. 효과는 나도 모르는 사이에 나타났다. 언제 나타날지도 모르고 혹은 나타나지 않을지도 모르는 약의 효과를 위해 매일 약을 먹어야 한다는 것은 귀찮은 일이 아닐 수 없었다. 가장 힘든 기다림은 무엇일까. 나는 단연코 기약 없는 기다림이라고 생각한다. 나는 약이 "일주일만 기다려 주세요."라고 말해 주길 바랐다. 하지만 약은 아무 말도 해 주지 않았다. 그저 기다릴 뿐이었다. 약을 1년 정도 먹은 지금에서야 '아, 나 나아졌구나.'라는 생각이 든다. 먹자마자 효과가 나타나길 바란다면 치료는 긴 과정이라고 느껴질 수밖에 없다. 그저 믿고 '언젠가 나아지겠지.', '분명 효과가 있을 거야.'라고 믿는 수밖에는 없다. 그러다 보면 언젠가 '어? 나 진짜 좋아졌다.'라고, 생각하는 순간이 있을 것이다.

또 제2장에서는 청소년 우울증의 특징인 예민함에 대해 다뤄 보려고 한다. 특히 예민하고 짜증이 많은 사람의 인간관계에 대해 중점적으로 적어 보려고 한다. 청소년기 우울증의 특징으로는 짜증이나 예민함이 많이 나타난다는 것이다. 특히 중학교 시기는 중2병이라는 이름이 붙을 정도로 모두가 예민해지는 시기이다. 그렇기 때문에 우울증과 사춘기를 구분하고 우울증이라면 적절한 치료를 받게 하는 것이 중요하다. 이 글이 청소년기 우울증의 특징에 대해 알게 되는 계기가 되었으면 좋겠다.

:)

어느 날 갑자기 미친 듯이
심장이 뛰었다

   나의 고등학교 2학년은 감정 기복의 인간화라고 할 수 있다. 행복이 우울로 바뀌는 것을 원치 않았던 나는 점점 더 많은 행복을 찾기 시작했다. 그때 당시의 나는 마치 알코올 중독자가 술을 찾는 것과 다를 바가 없었다. 1학년 때는 반 분위기가 차분한 편이었다. 그러나 2학년이 되고 나서는 반에 늘 활기가 넘쳤다. 덕분에 나는 정신없이 행복만을 좇을 수 있었다. 나는 나의 존재 가치를 친구 관계에서 찾기 시작했다. 친구들과 많은 시간을 보냈고 그들을 행복하게 만드는 것이 나의 존재 가치라는 생각을 했다.

   '미움받는 것이 두려워.'

   친구에게서 존재가치를 찾았기에 누군가에게 미움을 받을 수 있다는 생각은 극심한 불안을 느끼게 하기 충분했다.

신나게 말하고 오면 꼭 잘못한 것은 없는지 확인하는 과정을 거쳤다.

"혹시 오늘 나 뭐 실수한 거 있어?"
"아니. 없는데."

가끔은 이렇게 친구에게 확인해야지만 직성이 풀리곤 했다. 그렇게 확인까지 해 놓고도 내가 생각했을 때 마음에 걸리는 것이 있으면 사과해야만 잠들 수 있었다. 학교에서 재밌게 잘 놀고 집에 와서는 사과 문자를 보내는 일상이 계속되었다. 그러자 친구들도 나를 이상하게 생각하는 것이 느껴졌다. 그러나 선택해야 했다. 오늘 밤, 잠을 자지 못하는 것과 친구에게 사과하는 것 중 하나를 골라야만 했다. 이기적인 마음이었다. 내 마음이 편해지기 위해 상대방의 불편함을 알면서도 계속해서 사과했다. 나의 우울증은 상대를 과하게 신경 쓰게 했다. 역설적으로 그것은 나를 이기적으로 만들었고 결국 상대방을 힘들게 만들었다.

그렇게 고등학교 2학년을 마친 나는 처참한 성적표와 허무함을 안고 3학년으로 올라가게 되었다. 고등학교 3학년이 되었다. 나는 3월에 미친 듯한 흥분 상태로 학교에 다녔다. 안 친한 친구에게 말을 걸었고 복도에서 다 같이 춤을 추거나 노래를 부르기도 했다. 말도 잘했고 농담도 잘하는 삶을 살았다. 그러나 그 행복은 길지 않았다. 5월쯤부터는 미친 듯한 우울 상태로 학교에 다니는 생활을 살았기 때문이었다. 눈도 잘 마주치지 못했고 그렇게 잘하던 말도 하지 못했다. 그러던 중 결국 일이 터지고야 말았다. 한 번도 느낀 적 없었던 신체 증상이 나타나기 시작한 것이다. 바로 다음 날 상담에서 나는 선생님께 말했다.

"선생님, 저 수업을 듣는데 갑자기 미친 듯이 심장이 뛰고 손이 떨렸어요. 눈물이 날 것만 같고 세상에 나 혼자 남겨진 듯한 기분이 들었어요."

"혹시 약 먹는 건 어떻게 생각해요?"

이렇게 나는 세 번째 병원에 가게 되었다. 세 번째 병원에 갈 때는 상담센터에서 한 검사지와 의견서를 들고 갔다. 상담 선생님의 의견서 덕분인지 이번에 약을 받는 것은 어렵지 않았다. 다행히도 의사 선생님은 나랑 잘 맞았다. 선생님과 이야기도 잘 통했다. 잘 맞는 선생님을 만나는 것은 정말 쉽지 않은 일이다. 선생님도 말을 많이 하는 것을 좋아하지만 많이 들어 주는 걸 좋아하는 사람도 있을 것이다. 의사 선생님과 환자의 관계도 결국 사람과 사람 사이의 일이기 때문에, 병원에 갔다가 실망했을 수 있다. 나의 필요와 성향을 잘 파악해야 하고, 잘 맞는 선생님을 만나기 위해 시행착오를 겪어야 할 수도 있다. 나는 시행착오를 겪을 가치가 있는 일이라고 말해 주고 싶다. 치료의 효과는 시행착오의 고통보다 크기 때문이다.

아, 내 탓 아니라고요
– 나에게 약이 주는 효과

　나에게 약이 주는 의미는 컸다. 나는 혼자 버티는 것에 질릴 대로 질려 있는 상태였다. 약은 두 가지 효과가 있다고 생각한다. 첫 번째 효과는 약 자체가 주는 효과이다. 약을 먹으면 아주 기분이 처지지 않는다. 적어도 내가 느낀 효과는 그랬다. 그러나 무기력하던 내가 의욕이 넘쳐서 일할 수 있게 해 주지는 않는다. 그렇지만 적어도 벌여 놓은 일들을 접지 않고 하게 해 준다. 나의 기분은 약을 먹기 전에는 평균에서 평균 이하를 왔다 갔다 했다. 그러나 약을 먹으면 평균 정도에서 유지가 됐다. 사실 나는 이 효과보다는 두 번째 효과를 더 기대했다.

　내가 생각하는 약의 두 번째 효과는 심리적인 요인이다. 나는 버틸 곳이 필요했다. 나 스스로는 나를 지켜 줄 수 없었다. 주변 사람들에게 나의 취약성을 드러내는 것은 나약한 것이라고 생각했다. 그래서 아무 말도 할 수 없었다. 그래서 약이 필요했다. 핑계 댈 곳이 필요했다고 하면 정확할 것 같다. 약을 처음 먹기 시작하고 효과가 나타나기 전 엄마한테 했던 말이 있다.

"엄마 나 약이 좋아. 약을 먹으면 내 우울을 내 탓으로 안 돌려도 돼. 하루가 힘들고 우울한 날에 '아, 오늘 집 가서 약 먹고 자면 내일은 괜찮아지겠지. 오늘은 약이 잘 안 듣나 보네.' 이렇게 생각할 수 있는 게 너무 좋아. 내 우울을 약이 안 듣는 탓으로 돌릴 수 있잖아. 약 먹기 전에는 모든 게 내 탓이었거든. '아 오늘 힘든데 다 내 잘못이야 내가 예민한 거야.' 이렇게 생각했었거든."

그렇게 약을 점점 늘려 가고 슬슬 효과가 나타나기 시작할 때 나는 다시 엄마에게 말했다.

"엄마, 약은 나를 죽지 않게 해. 살고 싶고 내일이 기대되게 하지는 않는데 적어도 '오늘 죽어야지.', '내일이 오지 않으면 좋겠다.' 이런 생각은 들지 않게 해 줘. 죽을 생각만 안 들어도 하루가 살만하더라고. 이제 드디어 숨 쉬고 사는 기분이더라고."

나에게는 우울증이라는
친구가 있다

　나에게는 '우울증'이라는 친구가 있다. 그 친구는 조금 까탈스럽다. 매일 약을 먹지 않으면 성질을 내고 약의 효과가 나타나는 데까지 걸리는 시간도 길다. 또 그 친구는 집착하는 것을 좋아한다. 매일매일 나를 찾아와 같이 놀자고 떼를 쓴다. 내가 공부하고 있어도 내가 잠을 자려고 누워도 심지어는 사람들과 함께 시간을 보내려고 해도 상관하지 않고 날 찾아온다. 마지막으로 이 친구는 나를 꽉 껴안는 것을 좋아한다. 숨이 막혀 심장이 빠르게 뛰고 그 친구의 체온이 나에게도 전달되어 나의 손과 온몸에서 식은땀이 날 때까지 꽉 껴안는 걸 좋아한다.

　이런 친구가 주변에 있다는 상상만으로도 쉽지 않을 것이다. 귀찮고 더는 만나기 싫을 것이다. 지긋지긋하고 만나는 것이 괴로울 것이다. 하지만 우울증이라는 친구는 나의 의지로 '손절'하기 쉽지 않다. '네가 나약해서 그런 거 아니야?',

'단호하게 끊어 내.' 말하는 것은 쉽다. 실천하는 것은 어렵다. 나는 날마다 끊어 내려 노력했다. 엉엉 울어 보기도 했고 처절하게 빌어 보기도 했다. 어느 날은 협상을 시도하기도 했다. '제발 학교에서만 그러지 말자.' 그러나 이 모든 것은 실패했다. '내일은 그 친구가 없었으면 좋겠다.'라는 마음으로 잠들었지만, 다음 날 눈을 뜨는 순간부터 나의 친구는 내 옆에 있었다. 노력해도 안 되자 나는 이 친구와 손절하려면 내가 사라져야 한다고 생각했다. 자살한 사람들의 유서에는 '이제 그만 편안해지고 싶다.'라는 말이 많다고 한다. 그 사람들은 우울증이라는 친구를 끊어 내는 방법으로 자신이 사라지는 것을 택한 것이다. 나 또한 '편안해지고 싶다.'라는 생각을 많이 했다. 이 고통을 끝내는 방법에 대해 고민했다. 나의 결론은 '공존'이었다. 왜냐하면 그 친구는 밀어내면 밀어낼수록 더욱더 들러붙는 늪 같은 존재이기 때문이다. 공존하기 위해 당근과 채찍을 적절히 이용하는 방법을 사용했다. 내가 준 당근으로는 '같이 놀아 주기'가 있다. 왜 '같이 놀기'가 아니라 '같이 놀아 주기'냐고 물어본다면 나는 그것이 내 당근의 핵심이기 때문이라고 대답할 것이다. 그 친구에게 휘둘리지 않고 내가 그 친구의 머리 꼭대기에서 인심 쓴다는 마음으로 함께해 주는 것, 그것이 내가 했던 일이었다. 그렇다면 어떻게 놀아 주어야 할까? 펑펑 울었고 피하지 않고 고통스러워했다. 그렇지만 전처럼 후유증이 오래가지는 않았다. 그럴 수 있었던 것은 내가 이 지독한 우울증이라는 친구와 함께 살기로 결정했기 때문이다. '인정' 그것은 우울증 치료의 핵심이었다. '이 병이 날 또 괴롭게 하는구나.'라는 걸 알고 울고 고통받는 것은 '대체 뭐가 날 이렇게 힘들게 할까?'라고 생각할 때와는 차원이 다르다. 이렇게 당근을 주어야 하는 이유는 과한 채찍은 독이 되기 때문이다. 가끔은 인정하고 우는 날도 필요하다.

내가 준 채찍으로는 약 먹기, 일기 쓰기, 상담받기 등 여러 가지 방법이 있다. 그 방법들에 대해서는 4장에서 자세하게 다루어 보도록 하겠다.

나는 평생 약을 먹어야겠다고 생각을 굳혔다. 조금 일찍 콜레스테롤 약을 먹는다고 생각하기로 했다.

"약 평생 먹으면 위험한 거 아니야?"

이런 질문을 할 수 있을 텐데, 나는 그 질문에 아니라고 대답하고 싶다. 우리 집에는 평생 약을 먹어야 하는 사람이 두 명 있다. 바로 엄마와 나다. 엄마는 매일 아침 콜레스테롤 약을 먹는다. 나는 매일 저녁 우울증 약을 먹는다. 나는 나의 우울증도 그저 관리해 줘야 하고 평생 같이 가야 하는 친구라고 생각한다.

예민한 사람의
인간관계

　나는 오랜 시간을 예민한 사람으로 살아왔다. 기질적으로 예민한데 우울증이 겹치면서 나의 예민함은 폭발했다. 나는 성숙하지 않은 예민한 사람의 인간관계에 대해 다뤄 보려고 한다. 나의 예민함이 최고조에 달했던 시기는 중학교까지이 므로 아직 미성숙한 시기였다는 것을 염두에 두고 읽어 봤으 면 좋겠다. 나의 중고등학교 때의 이야기를 중점적으로 다뤄 보려고 한다. 중고등학교 때의 나는 기준이 명확한 사람이었 다. 좋게 말하면 자기주장이 강한 사람이었고 나쁘게 말하 면 융통성이 없는 사람이었다. 초등학교 6학년 때 친구와 크 게 싸운 이후로 나는 사람들 눈을 지나치게 신경 쓰기 시작 했다. 나의 기준은 '친구에게 상처를 주지 않는 것'이었다. 내 가 하는 말 하나하나가 상처를 준다고 생각했다. 그래서 나 는 친한 친구 몇 명을 빼면 말을 거의 하지 않고 조용히 지냈 다. 말하고 그 말에 대해 신경 쓰는 것보다는 말하지 않는 편이 낫다고 생각했기 때문이다.

나는 한국무용을 했었다. 예고를 가고 싶었다. 그렇기에 무대에 설 일이 많았다. 그렇다고 내가 사람들 앞에 서는 걸 좋아하는 사람은 아니었다. 나는 준비되고 꾸며지지 않은 상태로 사람들 앞에 서는 것을 극도로 무서워했다. 성격뿐만 아니라 나의 모든 것에 가면을 쓴 것이다. 정확하게 말하면 나는 나를 싫어하는 상황이 싫었다. 꾸며지지 않은 상태로 준비되지 않은 상태로 누군가 앞에 나선다는 것은 진짜 나를 보여 주는 것이다. 그런 상황이 생긴다면 사람들이 나를 싫어할 것만 같았다. 나에 대한 자신감이 없었다. 그리고 사람들의 말에 대한 예민도가 높았다. 모든 말 하나하나를 단어로 쪼개 가면서 생각했다. "너는 기회가 오면 놓치지 않는 사람 같아."라는 말을 들었을 때 칭찬해 주는 말인지 기회주의자 같다고 하는 말인지를 밤새 고민했다. 그리고 다음부터는 기회주의자처럼 보이지 않아야겠다고 다짐했다. 오해를 살 만한 여지조차 만들기 싫었기 때문이었다.

예민한 사람의 인간관계는 쉽지 않았다. 겉으로는 "나는 좁고 깊은 관계를 선호해."라고 말했지만, 사실은 그럴 수밖에 없었다. 주변에 사람이 많아진다는 것은 신경 써야 할 사람이 많아진다는 것과 동일한 말이라고 느꼈기 때문이다. 그리고 남들이 나를 싫어하는 걸 극도로 꺼렸기 때문에 내가 다가갔을 때 조금이라도 불편한 기색이 보이면 황급히 피했다. 중학교 시절 '낄끼빠빠'라는 말이 있었다. 낄 때 끼고 빠질 때 빠져야 한다는 의미이다. 나는 껴야 할 때도 빠져야 할 때도 빠지기만 하는 사람이었다. 그런 나에게 얕고 넓은 관계가 가능할 리 없었다. 나와 잘 맞는 사람들은 보통 걱정이 많이 없고 편안한 사람들이었다. 그런 친구들과 함께할 때 나의 예민함이 많이 줄어드는 듯한 느낌이 들었다.

청소년 우울증은 예민함과 짜증의 형태로도 많이 나타난다고 한다. 그럴 때 예민함을 줄여 줄 수 있는 편안한 사람과 만나서 이야기를 나누는 것은 도움이 될 것이다. 나 또한 중학교 때 만났던 친구들 덕분에 아무 일 없이 중학교를 졸업할 수 있었다.

아프지만 평범한 스물입니다

넌 왜 말할 때
눈을 안 봐?

    사람은 눈을 보고 대화를 한다. 눈에서 많은 감정을 읽는다. 또 눈을 보며 사람을 인식한다. 마스크를 쓰고도 누군지 알아볼 수 있었던 것도 우리가 눈을 보고 대화를 하기 때문이었다. 나는 눈을 보는 것이 힘들었다. 눈을 마주치면 심장이 떨리고 부담스러웠다. 그런 나에게 친구들은 눈 사이를 보라고 추천해 줬지만 나의 무의식은 눈 근처에 가는 것만으로도 힘들어했다. 그래서 사람들과 이야기할 때 입을 보고 얘기하기 시작했다. 눈보다는 덜 부담스럽기도 했고 입 모양을 보면서 말을 오해하지 않기 위함도 있었다. 나는 한국어로 이야기하는 드라마를 볼 때도 자막을 켜고 본다. 정확하게 이해하고 싶은 마음이 크기도 하고 귀보다는 눈이 믿을 만하다는 믿음 때문이기도 하다. 사실 이 모든 것보다 중요한 것은 내가 불안했기 때문이다. 무서웠기 때문이다. 사람과 시선을 맞추고 대화한다는 것은 대화의 기본이지만 나는 오히려 눈을 쳐다보면 대화가 진행이 되지 않았다.

"넌 왜 말할 때 눈을 안 보고 입을 쳐다봐?"
"입을 보는 게 더 편해서…"
"눈을 봐 주면 안 될까? 입은 좀 부담스러워."

친구의 얘기를 듣고 나의 습관을 고쳐보기로 했다. 여전히 입을 보고 얘기하거나 서로 쳐다보지 않고 이야기하는 것이 편했다. 하지만 대화상대가 불편하다면 바꾸는 게 맞다고 생각했다. 나 혼자 얘기하는 것이라면 어딜 봐도 상관이 없지만 대화는 나만 하는 것이 아니기 때문이다. 대화의 만족감은 나와 상대 모두에게 필요하다. 그래서 연습하기 시작했다. 처음에는 눈과 눈 사이를 쳐다봤다. 눈을 직접적으로 마주치는 것보다는 훨씬 괜찮았다. 마음을 먹기 전에는 보기 힘들었던 눈과 눈 사이가 고쳐야겠다고 생각하니 신기하게도 보는 것이 전만큼 힘들지 않았다. 그다음으로는 눈을 잠깐잠깐 쳐다보는 연습을 했다. 의도적으로 긴장하지 않게 노력했다. 그러자 시선을 마주하는 것이 더 이상 부담이 아니게 되었다. 시선을 맞추는 것은 대화하는 데 중요한 역할을 한다. 혹시 시선을 맞추는 것이 힘든 사람이 있다면 조금씩 노력해 보는 것이 어떨까.

한 발 다가오면
두 발 멀어지겠지만

　사람과 사람 사이의 관계는 한 발씩 다가가야 완성되는 것이다. 한 발 다가갔을 때 한 발 다가와야 가까워질 수 있다. 한쪽이 아무리 다가간다고 해도 상대방이 원하지 않는다면 관계는 진전될 수 없다. 나는 누군가에게 다가가는 것이 무서웠다. 거절당하는 것이 무서웠다. 그리고 누군가 다가오는 것 또한 무서웠다. 한 발 다가오면 두 발 멀어져서 늘 일정한 거리를 유지했다. 이유를 물어본다면 너무 친해지는 것이 두려웠다고 하겠다. 나에게 별로 애정이 없는 사람에게 상처받는 것은 힘들지 않다. 내가 별로 애정이 없는 사람과 다투고 멀어지는 것 또한 힘들지 않다. 그러나 내가 마음을 쏟는 대상과 멀어지는 것은 너무나 힘든 일이다. 그래서 나는 내가 애정을 쏟는 사람이 많아지는 것을 경계했다. 언젠간 버림받을 것으로 생각했다. 자신감이 없었기 때문이다. 또 불안했기 때문이다. 혼자가 되는 상황이 무서웠다.

'좋은 사람'이 되고 싶었다. 그러나 그런 마음이 부담이 되어 돌아왔다. 부담은 성격이 되었고 사람 만나는 것을 힘들게 했다. 왕관을 쓰려는 자는 그 무게를 견뎌야 한다는 말이 있다. 나는 '좋은 사람'의 무게를 느끼고 있었다. 견디지는 못했던 것 같다. 나는 주저앉았다. 도망가기에 바빴다. '아, 아직 친구들을 많이 만나기에는 내가 덜 좋은 사람이야.', '조금만 더 노력하자.' 나에게 만족하지 못하고 늘 이상적인 나를 만들어 닮기 위해 노력했다. 나는 내가 만든 왕관의 무게에 짓눌렸고 도망만 가는 사람이 되었다.

  나는 엄청난 회피형 인간이었다. 마음에 들지 않는 일이 있어도 속상한 일이 있어도 참고 견뎠다. 해결하는 것이 더 피곤했다. 그저 회피하고 내 마음을 정리하는 게 빠르다고 생각했다. 내가 회피형 성격에서 탈출하게 된 계기는 한 친구 덕분이었다.

  "지인아, 넌 너무 네 생각을 말하는 걸 피해. 나에게 다 맞춰 주는 듯한 기분이야."

  누가 머리를 한 대 친 듯한 기분이었다. 나의 회피형 성격을 정확하게 꿰뚫어 보는 친구의 말에 나는 천천히 성격을 바꿔 보기로 했다. 내가 생각한 적당한 거리가 너무 멀었다는 것을 깨달았다. 모두에게 자신만의 적당한 거리가 있을 것이다. 그러나 내 거리는 한 발짝 정도가 아니었다. 대화를 하려면 서로 소리를 쳐야만 들리는 거리였다. 나의 거리는 횡단보도였다고 말해 주고 싶다. 내 마음대로 신호등을 껐다 켰다 할 수 있는 신호등. 그리고 늘 나의 신호등은 빨간불이었다. 나는 친구를 원했다. 하지만 나의 먼 거리와 늘 꺼져 있는 신호등은 사람들을 지치게 했던 것 같다. 적당한 거리를 가지는 것은 좋다. 하지만 싸우는 게 싫어서, 갈등을 회피하기 위한 먼 거리는 좋지 않다. 나만의 거리를 점검해 볼 시간이다.

아프지만 평범한 스물입니다

걱정 많은 사람,
그게 바로 나예요

　엄마가 유럽으로 출장을 갔다. 내가 탄 비행기라면 걱정하지 않겠지만 엄마가 탄 비행기라고 생각하니 걱정이 되었다. 비행기 안에 있어서 연락이 안 되는 것조차도 걱정이 되었다. 티를 내지는 않았지만, 나는 일어날 수 있는 모든 상황을 생각했다. 내가 봤던 영화, 다큐, 책에서 본 모든 비행기 사고를 상상했다.

　나는 우울증이 심하던 시절 그때 나온 대부분의 심리학책, 자기계발서를 찾아봤다. 그리고 그 이후로도 나의 장르 편식은 심했는데 그때 읽었던 책 중 하나가 『데일 카네기 자기관리론』이었다. 데일 카네기의 자기관리론에는 걱정을 없애는 여러 가지 방법이 제시된다. 나는 그중 인상 깊었고 효과가 좋았던 몇 가지를 소개해 보려고 한다.

　첫 번째로 "늘 바쁘게 살라. 걱정이 많은 사람들은 절망 속에 시들어 가지 않도록 행동에 몰두해야 한다."이다. 나는 비행기가 걱정될 때마다 그냥 학원에 가서 수업을 듣고 공부를 했다. 일상을 살았다. 수능 디데이를 셌고 공부에 집중하기 위해 노력했다. 그러자 신기하게 다른 생각은 별로 나지 않았다. 집에 와서 걱정스러운 생각이 들 때면 글을 썼다. 이렇게 할 일들을 만드니 나아진 느낌이 들었다.

두 번째로는 "과거에 연연하지 말라. 톱밥을 다시 켜지 말라."이다. 이것을 적용한 방법은 남이 보기에는 조금 웃길지도 모른다. 하지만 효과가 좋으니, 걱정이 많은 사람들은 시도해 봐도 좋을 것 같다. 나의 경우 무언가 걱정이 될 때는 생각만으로 '괜찮겠지.' 하는 것보다는 입 밖으로 소리를 내는 것이 효과가 좋았다. 예를 들어 "퉤퉤퉤. 잊어, 잊어! 다 괜찮을 거야!"라고 입 밖으로 내뱉는 것이다. 입으로 나온 소리는 다시 귀로 들어가 생각만 하는 것보다 두 배의 효과를 준다. 특히 '퉤퉤퉤'와 같이 털어 내는 듯한 소리는 내가 듣기에도 웃음이 나서 걱정을 많이 줄여 주는 데 도움이 되었다.

나는 이런 방법으로 걱정을 많이 줄여 나갔다. 나중에 나올 불안의 증상 중 하나인 고데기를 뽑지 않는 증상에 대해서도 이러한 방법을 많이 사용했다. 처음에는 "고데기 뽑음"을 외치는 정도였지만 나중에는 "날 믿어! 분명 뽑았어!"라고 외쳤다. 입 밖으로 내뱉는 것은 시험 기간에 암기할 때 많이 사용하던 방법이다. 그래서 그런지 이렇게 외치고 나면 잘 까먹지 않고 기억에 오래 남았다. 혹시 걱정이 많고 생각이 많은 사람들은 입 밖으로 소리 내는 것을 추천한다.

나는 왜
가족이 힘들까

"동생한테 화풀이하지 마."

"동생한테 잘해 줘."

나는 화풀이한 것이 아니었다. 그러나 엄마는 내가 더 착한 누나, 이상적인 누나이길 바랐던 것 같다. 엄마는 내가 동생에게 조금만 장난을 쳐도 야단을 쳤다. 나는 자신이 없었다. 엄마가 바라는 이상적인 누나가 될 자신이 없었다. 그리고 나는 엄청난 회피형 인간이다. 나 자신을 챙기는 것만으로도 벅 차기에 동생한테까지 신경 쓸 여력이 없었다. 그래서 입을 다물었다. 내가 하는 모든 말이 불만이라면 말하지 않는 것이 맞다고 생각했다. 엄마가 바라는 누나가 되는 것보다 말을 하지 않는 누나가 되기로 한 것이다. 엄마에 대한 반항심도 있었다. 동생에게는 뭐라고 하지 않는데 나에게만 야단을 치는 것이 마음에 들지 않았다. 입을 다물기 시작하자 야단은 멈췄다. 그러나 우리 집에는 대화가 줄어들었다. 그렇지만 그때는 대화가 없는 것을 신경 쓸 여력이 없었다. 나의 미쳐 날뛰는 감정을 관리하는 것만으로도 바빴다. 나의 우울증은 남을 신경 쓰지 않게 했고 가족도 예외는 아니었다.

조금 개선이 되기 시작한 것은 내가 우울증 치료를 받기 시작한 이후부터이다. 내 마음에 여유가 생기자 남을 챙길 수 있는 상태가 되었다. 내 마음이 여유로워야 남을 챙길 여력이 생긴다. 내 마음에도 빈틈이 없는데 남에게 줄 마음이 어디 있겠는가. 동생에게 말도 걸어 보았다. 하지만 타이밍이 좋지 않았다. 내가 나아지기 시작한 시점이 정확하게 동생의 사춘기가 시작된 시점이었기 때문이다. 거기다가 나와 성격이 잘 맞지 않았다. 나는 괄괄대고 장난기가 많은 성격이다. 하지만 동생은 조곤조곤 이야기하는 것을 좋아한다.

엄마는 화가 났어도 시간이 지날수록 화가 가라앉는 성격이다. 그러나 나는 해결되지 않은 채 시간이 흐르면 점점 화가 많이 나는 엄마와는 상반된 성격을 가지고 있다. 그러한 성격 차이 때문에 엄마에게 더 화를 많이 냈는지도 모르겠다. 나는 결과적으로 엄마 이외의 가족과는 많이 대화를 나누지 않는다. 특히 중학교 때 극도로 예민한 시기를 지나면서 더 대화가 줄어든 것 같다. 다들 건드리면 터질 것만 같은 나를 자극하지 않는 게 눈에 보였다.

　가족이라고 다 잘 맞는 것은 아니다. 그리고 같이 살아야 하는 사람이 예민하다면 더욱 힘들다. 청소년 우울증은 가족들 또한 눈치 보게 만든다. 가장 편안해야 할 사람들도 편하지 않게 되고 혼자가 되게 만든다.

우울과 친해지는 두 번째 방법
: "멈춰!"

두 가지 멈춤에 대해 소개해 보려고 한다. 먼저 생각을 멈추는 것이다. 생각은 한번 시작되면 꼬리에 꼬리를 물고 커진다. 그럴 땐 의도적으로 생각을 멈추는 것이 필요하다. "멈춰!"라고 외쳐 보자. 생각만 하는 것보다 훨씬 효과가 좋을 것이다. 나는 말의 힘을 믿는다. 입 밖으로 내뱉는 행위는 분명 도움이 될 것이다.

두 번째로는 잠시 쉬어 가는 의미의 멈춤이다. 동영상에는 일시 정지 버튼이 있다. 일시 정지 버튼을 누른다고 동영상이 뒤로 가지는 않는다. 그저 앞으로 가는 걸 잠시 멈출 뿐이다. 너무 과열된 감정을 다룰 때는 잠시 쉬는 것이 도움이 된다. 맛있는 것도 먹고, 소중한 사람들도 만나자. 그렇게 나의 과열된 감정에게 쉼을 주자. 인생이라는 동영상도 잠시 멈춘다고 해서 뒤로 가지는 않는다.

제 3 장

우울과
함께하는
삶

───── 우울증의 증상은 다양하다. 잠에서만 봐도 많이 자는 사람, 불면증을 가진 사람이 있을 수 있다. 우울증뿐만 아니라 불안도 있는 나는 꽤 증상이 다양한 편이다. 이 글을 읽고 우울증에 걸린 사람의 삶에 대해 생각해 볼 수 있는 계기가 되었으면 좋겠다.

우울증에 걸리고 오히려 행복에 대해 많은 생각을 하게 되었다. 행복 또한 노력으로 얻을 수 있는 것이라는 생각을 한다. '오늘 하늘이 예뻐서.', '오늘 맛있는 점심을 먹어서.' 이렇게 작은 것부터 행복을 찾아 나가는 것이다. 그렇게 하면 전에는 보지 못했던 것, 의식하지 못했던 것들이 행복으로 다가올 것이다.

제3장은 우울증의 증상에 대한 내용이지만 제6장까지 다 읽고 난 후에는 행복에 대해 생각해 보는 계기가 되는 책이었으면 한다.

:)

미안해 병

"미안해."

내가 고등학교 때 가장 많이 한 말이 뭐였냐고 물어본다면 두 번 생각하지 않고 '미안해.'라고 할 것이다. 이걸 들은 사람들은 무언가 잘못을 많이 저질렀다고 생각할 수 있을 것이다. 하지만 나에게 '미안해.'는 습관적인 것이었다. 나의 일과 중 하나는 오늘 한 말을 돌아보는 것이었다.

'오늘 한 말 중에 실수한 건 없겠지?'

내가 생각했을 때 실수한 것이 생각나면 나는 그 사람에게 사과해서 괜찮다는 말을 들을 때까지 잠을 이루지 못했다.

'그 친구가 내 말을 오해했으면 어떡하지?', '내 말의 의도

는 그런 게 아니었는데 나를 이상하게 생각하면 어떡하지?',
'그러면 날 싫어할 거야.'

이렇게 생각이 자꾸만 커졌고 항상 결론은 '날 싫어할 것이다.'라는 것이었다. 나는 이러한 생각을 끊는 방법으로 사과와 해명을 택했다.

예를 들어 보자. 만약 나와 C라는 친구가 새로 한 머리에 대해 이야기를 나누고 있다고 해 보자.

나: 와, 너 머리 했네. 예쁘다.
C: 고마워. 저번 머리보다 이번 머리가 나아?
나: 완전. 이번 머리 정말 잘 어울려.

이상할 것이 없는 평범한 대화처럼 보이지만 나에게는 마음에 걸리는 부분이 있다. 고등학교 2학년 때의 나는 이러한 상황에서 '혹시 오해했을까 봐 말해 주는 건데, 너의 저번 머리가 예쁘지 않다는 건 아니었어! 저번 머리도 충분히 예뻤어. 혹시 네가 저번 머리는 안 예뻤다고 생각할까 봐 걱정돼서 문자 남겨. 오해했다면 미안해.'라는 문자를 남겼을 것이다.

한번 문자를 보내고 마음이 편해지는 경험을 하자 매번 조금이라도 마음에 걸리는 부분이 있으면 장문의 문자를 보내는 버릇이 생겼다. 2학년이 끝날 때쯤에는 거의 모든 일에 이유를 붙여 문자를 보내는 심각한 수준이 되어 있었다. 앞에서는 잘 지내고 뒤에서는 문자를 잔뜩 보내는 이상한 상황이었다.

※

2022.10.15

남에게 도움이 되는 사람은 아니어도 피해를 주는 사람은 아니길 바랐다. 공기 같은 존재로 눈에 띄지 않게 조용히 살기 위해 노력했다. 이렇게나 죄책감이 들고 불안한 건 왜일까…. 감정을 마주하는 것이 두렵다. 밖에 꺼내 놓으면 실체가 생기는 것 같아 무섭다. 심장이 뛰고 손이 떨린다. 배가 아프고 눈앞이 아득해진다. 이게 맞는지 잘 모르겠다. 난 늘 나의 솔직한 마음을 알기 위해 많이 노력하는데 이번에는 잘 모르겠다. 그런 생각을 한 적이 있다. 내가 살아야 하는 '이유'가 무엇일까 아직도 잘 모르겠다. 생각하면 할수록 살지 않아야 할 이유만 넘쳐 난다. 살지 않아야 할 이유가 불안과 죄책감이 되어 나를 덮친다. 이 감정들이 지나가길 빌면서 주먹을 꽉 쥐고 숨을 쉰다. 좋은 사람이 되고 싶었다. 잘 살고 싶었다. 지금은 내가 뭘 바라는지 잘 모르겠다.

심장이 뛴다

내가 병원에서 약을 먹게 된 결정적인 이유는 심장이 미친 듯이 뛰었기 때문이었다. 처음 증상이 시작된 것은 고등학교 수업 시간이었다. 미적분 수업을 잘 듣다가 수업 중간쯤 갑자기 심장이 뛰고 손이 떨렸다. 심장의 쿵쿵대는 소리가 마치 누군가에게 들릴 것만 같았다. 식은땀이 났고 현실이 아닌 듯한 기분이 들었다. 마치 누군가에게 쫓기는 듯한 기분이었다. 이 증상은 점점 심해져서 우울한 감정이 들 때마다 심장이 뛰고 손이 떨렸다. 그럴 때마다 급하게 집으로 가는 일이 잦아졌고 일상생활은 힘들어졌다. 한번은 친구들과 이야기하다가 증상이 올라오기 시작해 양해를 구하고 그 자리를 피했던 적도 있다. 그럴 때마다 내 병이 참 미웠다. 내가 평범한 척하기 힘들게 했기 때문이었다. 보통의 사람처럼 보이고 싶었다. 그때까지만 해도 우울증이라는 병은 나의 큰 결점이라고 생각했다. 이 병과 함께 평범하게 사는 건 힘들겠다고 생각했다. 그래서 병을 숨기기 힘들게 하는 이 증상이 정말 싫었다. 하지만 놀랍게도 약을 먹게 되자 이러한 증상들은 많이 나아졌다.

'뭐가 문제였을까?' 지금의 상태에서 그때를 생각해 보면 이유는 불안 때문이었던 것 같다. 시험 전이나 혼자 하루를 반성할 때 주로 심장이 뛰고 손이 떨렸다. 나는 나 스스로를 괴롭혔다. 하지 않아도 될 생각을 했고 겪지 않아도 될 증상을 겪었다. 나는 이것을 일종의 자해라고 본다. 나는 행복해지기 두렵다는 이유로 나를 불행의 늪으로 밀어 넣었다. 이때 당시 일기를 보면 매일 모래주머니를 달고 사는 것 같다는 내용이 나온다. 그때 당시에는 알지 못했다. 불안이라는 모래주머니는 내가 만들었다는 것을.

※

2023.08.18

약을 먹기 시작한 지 한 달이 넘었다. 효과는 모르겠다. 나는 삶을 사는 게 무서울 때 일기를 쓴다. 모든 걸 걱정하며 살 수는 없다. 앞으로 나아가야 한다. 그 사실을 알지만 불안은 날 붙들고 앞으로 나아가지 못하게 한다. 모래주머니를 달고 달리는 기분이 든다. 약을 먹으면 모래주머니가 없어질 것으로 생각했다.

하지만 약을 먹다 보니 약은 그냥 모래주머니를 조금 가볍게 해 주는 정도인 것 같다.

고데기
뽑았나?

친구와 약속이 있는 날이었다. 유난히 상쾌하게 일어났다. 평소보다 여유롭게 화장했다. 예쁘게 고데기도 했다. 그리고 집 밖으로 나갔다.

'고데기 뽑았나?'

'에이, 뽑았겠지.'

'만약 안 뽑아서 집에 불이 나면 어떡하지?'

'하, 역시 확인해 봐야겠다.'

그날은 생각지도 못했다. 고데기를 뽑았는지에 대한 불안이 고등학교 3학년 내내 나를 괴롭히리라는 것을.

나는 매일 아침 고데기를 하고 등교하는 학생이었다. 그렇다는 것은 매일 아침 고데기를 뽑았는지 확인해 봐야 한다는 것이다. 내가 돌아와서 확인하기도 하고 집에 남아 있는 가족들에게 확인해 달라고 부탁하기도 했다.

"고데기 뽑음. 고데기 뽑음. 고데기 뽑음."

가족들에게 계속 부탁하는 게 미안했던 나는 매일 아침 구호를 외쳤다. 구호를 외치는 것은 말도 하고 듣기도 하는 것이라 이중으로 확인하게 되어서 그냥 눈으로 확인하는 것보다 효과가 좋았다. 이때까지는 병이라고 생각하지 않았다. 보통의 사람들도 겪는 일이라고 생각하고 상담 선생님께 이 일에 관해 이야기했다.

"선생님, 저 요즘 고데기를 분명 뽑은 걸 아는데도 뽑지 않았을까 봐 너무 불안해요. 집에 돌아가거나 가족들에게 고데기를 뽑았나 꼭 확인을 받아야 마음이 편해요."
"혹시 병원 의사 선생님께도 이 이야기 했어요? 안 했으면 해야 할 것 같아요."

그렇게 병이라는 사실을 알게 되었다. 의사 선생님께 이야기하는 것은 당연한 수순이었다.

"다른 사람들도 모두 그렇게 사는 것 같나요?"

"음… 보통 그러지 않나요? 위험하니까요."

"저는 오늘 드라이기 안 뽑고 나왔어요. 확실히 알아요. 그런데 불안하지 않아요."

"하지만 불이 날 수도 있잖아요."

"그런 생각이 들 땐 의도적으로 생각을 끊는 것이 중요해요. '아, 설마 불이 나겠어?', '스프링클러가 작동해서 불이 나도 집이 홀랑 타 버리진 않을 거야.' 이런 식으로요."

"고데기를 안 뽑으면 불안한 게 병인가요?"

"손을 안 씻으면 불안한 사람들 있죠? 더러우니까 손을 씻어야 해. 아, 한 번만 더 씻을까? 두 번은 짝수라 안 좋은 숫자니까 세 번 씻자. 이 증상과 비슷한 정도라고 생각하면 돼요."

나는 새로운 약을 받았다. 불안을 조절해 주는 약이었다. 약을 먹고도 완벽하게 상태가 좋아졌다고는 할 수 없었다. 하지만 달라진 것은 내가 이것이 병이라는 사실을 인지했다는 것이었다. 병을 인지한다는 것은 치료의 시작이다. 나아져야 할 대상이라고 생각하는 것은 행동하게 한다. 물론 매번 성공만 하는 것은 아니다.

"선생님, 오늘 결국 엄마에게 연락했어요. 참아 보려고 했는데 잘 되지 않더라고요."

"괜찮아요. 시도하는 게 의미가 있는 거예요."

나는 자주 실패했고 자주 좌절했다. 버스정류장까지 가서 결국 집까지 돌아온 게 여러 번이었다. 하지만 나는 나아지고 있다고 확신할 수 있다. 내가 나아지려고 노력하고 있기 때문이다. 재수를 하면서 정말 많이 듣는 말은 '실패는 성공의 어머니이다.'라는 말과 '너희는 실패한 경험이 있으니 성공할 수 있다.'라는 말이다. 나는 그 말을 들으면 항상 집에 두고 온 고데기 생각이 났다. 오늘의 실패가 성공의 어머니가 되었으면 했다. 내일의 실패가 성공을 위한 준비였으면 했다. 우리의 성공은 모두 실패를 먹고 자란다. 오늘도 성공을 키우는 하루가 되었다고 생각하니 실패가 두렵지 않았다.

눕고만 싶어요

"선생님, 저 아무것도 하기 싫어요. 그냥 공부도 인간관계도 다 접고 쉬고 싶어요."

"약을 좀 늘려 봅시다."

그렇게 약을 늘렸다. 그리고 다음 진료일이 되었다.

"약 효과는 좀 어때요? 졸리거나 하진 않아요?"

"좀 졸려요. 아직 효과는 잘 모르겠어요."

"괜찮아요. 이 약 20mg까지 늘려도 되는 약이니까 조금 더 늘려 봅시다."

그렇게 난 최대 용량까지 늘리고서야 약을 늘리는 것을 멈췄다. 내가 약을 계속 늘렸던 이유 중 하나는 바로 무기력감이었다. 아무것도 하고 싶지 않았다. 침대에만 누워 있고 싶었다. 그런 식으로 학교를 빠지는 날엔 보통 잠을 잤다. 하루 종일 잠을 잤다. 마치 배터리가 빠진 인형처럼 밥도 안 먹고 잠만 잤다. 우울증일 때 불면증이 오는 사람도 있다. 하지만 나의 경우에는 과다 수면이 증상이었다. 무기력하기 때문도 있었지만, 불필요한 생각을 하지 않기 위함도 있었다. 자는 것이 생각을 안 하는 가장 효과적인 방법이었기 때문이다. 흔히 우울증에는 유전적, 생물학적, 환경적 이유가 있다고 한다. 나는 환경적인 영향을 많이 받는 편이다. 특히 친구와의 관계에서 오는 상처에 영향을 많이 받았다. 그럴 때마다 무기력감이 심해졌다. '난 이 친구에게도 사랑받지 못하는데 뭘 할 수 있겠어.'와 같은 부정적인 생각을 하게 되었고 그런 생각을 멈추기 위해 점점 더 많은 잠을 잤다. 고등학교 3학년이 특히 심했다. 보통 학교에 가서도 잠을 잤고 성적은 계속 떨어질 수밖에 없었다. 그래도 고등학교라는 마라톤을 완주만 하자는 엄마의 말에 조용히 학교에 갔다. 지금 와서 생각해 보면 학교에 계속 다닌 것은 훌륭한 선택이었다. 무기력해지고 잠이 올 때마다 그것에 굴복하는 것은 병을 더 심하게 만들기 때문이다. 잘하고 못하고와 상관없이 '무언가를 한다는 것'은 힘들었지만 신기하게도 나에게 우울감을 이겨 낼 힘을 주었다.

죄책감이라는 이름의 족쇄

　나는 과거를 반성하는 것이 나의 장점이라고 생각하고 살았다. 과거에 했던 실수를 다시 반복하지 않는 것. 그렇게 더 나은 사람이 되는 것. 미움받지 않는 사람이 되는 것. 이것이 나의 목표였다. 처음에는 아주 신경 쓰이는 몇 가지를 돌아보고 반성했지만, 점점 도가 지나치기 시작했다. 그리고 과거를 반성하는 일은 나에게 죄책감을 불러왔다. 심지어는 중학교 때 초등학교 때 일을 생각하며 죄책감을 느끼기도 했다. 나의 죄책감은 더 나은 사람이 되고자 하는 욕망에서 기인했다. 나는 좋은 사람이 되고 싶었다. 좋은 사람이 되어야 한다는 강박감은 나를 과거라는 늪에 빠지게 했다. 더 나은 사람이 되려면 앞으로 나아가야 한다. 현재에 집중하고 뚜벅뚜벅 걸어가야 한다. 하지만 죄책감이라는 이름의 족쇄는 나를 앞으로 나아가지 못하게 했다. 나는 우울증을 겪어 보고서야 알았다. 앞으로 나아간다는 것, 현재에 집중한다는 것이 얼마나 힘든 일인지를 말이다. 나는 바꿀 수 없는 나의 과거에 점수를 매겼다. 하지만 아무리 점수를 매기고 오답 노트를 해도 새로운 문제를 풀지 않는다면 성과를 확인할 수 없다. 나는 과거에 푼 인생이라는 문제집을 채점하고 복습을 했다. 그리고 그 오답 노트에 갇혀 새로운 문제는 풀지 못했다. 나의 짧은 인생은 오답 노트를 하는 데 오랜 시간이 걸리지 않았다. 그러면 나는 두 번, 세 번 더 읽는 식으로 족쇄를 더 단단히 채웠다. 나는 두려웠던 것 같다. 이 많은 오답을 가지고 새로운 문제를 푸는 것이 두려웠다. 모든 문제를 다 맞힐 수는 없다. 수능 만점자조차도 문제를 틀렸던 시절이 있고 틀릴 날들이 있다. 과거는 짧게 생각하고 털어야 한다. 앞으로 나아가는 것이 더 중요하다.

말 안 해도
다 아는 거 아니었어?

드라마를 보면 흔한 연인들의 대사가 있다.

"말 안 하면 몰라?"
"말을 안 하는데 어떻게 알아."

　나 또한 그렇게 생각했고 그렇게 행동했다. 내가 말을 안 해도 사람들이 알아줬으면 했다. 내가 먼저 말하지 않아도 나에게 무슨 일이 있는지 물어봐 줬으면 했다. 그래서 나는 화가 나거나 속상한 일이 있으면 입을 다물었다. 물어봐도 대답하지 않았다. 그 행동은 가까운 사람과 있을 때 더 심해 졌다. 엄마는 기다려 주는 것을 잘했고 나는 말을 안 하고 토라지는 것을 잘했다. 엄마는 기다려 주는 것이 배려라고 생각했다. 그러나 나는 말을 걸어 주길 바랐다. 그렇게 일주일 씩 말을 하지 않은 적도 많았다. 일주일이 지나면 서로 버티기 힘들어 화를 잔뜩 내고 힘겹게 화해했다.

"내가 말 안 해도 좀 알아주면 안 돼? 엄마는 내 엄마잖아."
"네가 말을 안 하는데 어떻게 알아. 엄마도 엄마가 처음이야. 네가
딸이 처음이듯이."

그랬던 내가 말하게 된 것은 놀랍게도 우울증이 낫기 시작
하면서였다. 내가 나의 감정을 정확히 이해하게 되자 남이
나를 이해해 줬으면 하는 생각이 줄어들었다. 청소년 우울증
의 특징이라면 특징은 우울함과 함께 예민함과 짜증이 같이
생긴다는 것이다. 나는 이유 없는 예민함과 짜증이 힘들었
다. 그리고 그 이유를 남이 찾아 주길 바랐던 것 같다. 약을
먹으며 이유 없는 예민함이 많이 사라지니 나의 감정을 이해
하는 데 많은 도움이 되었다. 감정에 이유가 생긴 것이다. 청
소년 우울증은 잘 지켜보지 않으면 그냥 '예민한 아이', '짜증
이 많은 아이'가 되기 쉽다. 하지만 이유 없는 짜증과 예민함
은 우울증의 증상일 수 있다. 많은 대화와 관찰은 증상 개선
의 지름길이다.

우울과 친해지는 세 번째 방법
: 함께할 용기

부정적인 감정이 들 때가 있다. 우울한 날이 있다. 슬퍼서, 우울해서, 힘들어서 다 포기하고 싶은 날이 있다. 나에게서 희망을 뺏는 이런 감정들은 나에게는 필요하지 않다고 생각했다. 버리려고 노력했다. 버리기 위해 오랜 시간 노력을 했다. 그리고 결론을 내렸다. 버릴 수 없다. 그런 감정이 없는 사람은 없다. 힘들지 않은 사람은 없다.

그렇다면 계속 힘들게 살아야 하는가? 그렇지도 않다. 함께 살아가는 것이다. 함께 사는 것에도 용기가 필요하다. 우울을 피하는 것보다 받아들이는 게 더 많은 용기가 필요하다. 받아들이려면 먼저 마주해야 하기 때문이다. 나의 감정과 마주한다는 것은 어느 정도의 아픔을 수반한다. 나아질 것임에도 불구하고 우울과 같이 살기로 마음을 먹은 순간에는 아픔을 감내해야 하기 때문에 용기가 필요하다.

나는 우울한 감정과 같이 산다는 것을 이렇게 말하고 싶

다. 감정을 있는 그대로 받아들이고, 안 힘든 삶이 아닌 덜
힘든 삶을 살기 위해 노력하는 것이라고.

제 4 장

스무 살,
아이도 어른도
아닌 나이

———— 어른의 시선으로 아이의 병을 바라보는 이야기, 의사의 시선으로 환자의 병을 바라보는 이야기는 꽤 있다. 하지만 청소년 시기부터 우울증을 겪어 온 사람이 어떻게 학교생활을 하고 어떻게 병원을 가게 되었는지, 증상은 어땠는지에 대한 내용은 많지 않다. 나는 스무 살이 참 독특한 나이라고 생각한다. 어른이라고 하기엔 미숙하고 아이라고 하기에는 나이가 많기 때문이다. 학교에 있을 때는 어른같이 보였던 스무 살이 막상 되어 보니 이렇게 어릴 수가 없다. 마음은 아이인데 몸은 어른이 되어 버린 기분이다. 나는 어른아이의 시선으로 학생 때의 이야기와 스무 살이 된 지금의 이야기를 다뤄 보려고 한다. 이 책을 읽는 독자들은 나의 이야기를 통해 우울증을 겪는 학창시절의 이야기와 그 학생이 어른이 되었을 때의 모습에 한 발 더 가까워지는 계기가 되었으면 좋겠다.

:)

나는
아픈 사람입니다

'아픈 사람'.

이것은 과연 낙인일까? 불명예스럽고 욕된 것일까? 많은 사람들이 병을 부정하는 것과는 다르게 난 상당히 빨리 병을 인정한 편이다. 나는 우울증을 진단받고 싶었다. 왜냐하면 '이유'를 만들고 싶었기 때문이다.

'내가 이렇게 힘든 이유'.
'사람들과 내가 다른 이유'.

"너 우울증이야!"라고 해 주지 않는다면 보통의 사람들도 모두 이런 감정을 겪는데 나만 견디지 못하고 고통에 몸부림치는 나약한 인간이 된 것만 같았다.

"약 먹어 보지 않을래요?"

나에게는 구원 같은 말이었다. 나는 아픈 사람이 되고 싶었다. 엄마와 함께 상담하고 온 날 나는 이렇게 말했다.

"내가 아프다고 했잖아. 꾀병 부리는 거 아니라고 했잖아. 나 정말 힘들었다고."

한편으로는 씁쓸한 마음이었다. '아무도 내 말은 들어 주지 않는 건가?' 내가 힘들다고 몇 년을 말했는데 들어 주지 않다가 신체 증상이 나타난 후 선생님의 한마디에 모든 일이 술술 풀려 가는 것이 참 슬펐다. 친구가 나에게 물어본 적이 있다.

"우울증은 마음의 병이야? 슬프면 약을 주는 거야?"
"다른 사람들은 잘 모르겠는데 나는 마음의 병보다는 몸의 병인 것 같아. 힘들다고 죽겠다고 자주 말해 봤는데 아무도 들어 주지 않다가 신체적인 증상이 나타나기 시작하니까 약을 주더라고."

이 글을 읽고 공감이 가는 사람들에게 당신은 나약한 사람이 아니라고 말해 주고 싶다. 아프고 힘든 건 나약해서가 아니다. 우울증은 바람처럼 다가와 공기처럼 스며든다. '다른 사람은 다 견디고 사는데 나만 못 견디고 유난인가?'라고 생각하지 않으면 좋겠다. 아픔은 주관적인 것이라 남과 비교할 필요가 전혀 없다.

I am not good enough

    얼마 전 개봉한 영화 〈인사이드 아웃 2〉를 봤다. 〈인사이드 아웃 2〉는 라일리가 본격적인 사춘기를 겪으면서 나타나는 감정의 변화를 다룬 내용의 영화이다. 라일리는 친구들과 하키 캠프에 가게 된다. 그리고 그 학교의 하키 팀에 들어가고 싶어서 평소와는 다른 행동들을 하기 시작한다. 좋아하는 밴드를 좋아하지 않는다고 하거나 친구들을 무시하고 하키 팀 사람들과 어울려 논다. 심지어는 몰래 자신의 평가지를 훔쳐보는 등의 행동을 한다. 또 너무 그 하키 팀에 들어가고 싶은 나머지 골을 많이 넣어야 한다는 부담감에 시달렸다. 과도한 불안과 의욕은 문제를 만들었다. 결국 경기에서 잠시 퇴장당하게 된다. 이 모든 과정은 불안이가 감정을 제어하기 시작하면서 나타난 일이다. 적당한 불안은 라일리를 성장시켰지만, 불안이가 폭주하자 본래의 감정들은 쫓겨나고 아무도 불안이를 막을 수 없었다. 영화에서는 나 자신을 인정하고 사랑해 주는 방식으로 라일리가 성숙해지게 된다.

난 이 영화가 청소년기 불안에 대해 정말 잘 다뤘다고 생각한다. 내가 느꼈던 감정들과 상당히 비슷한 점이 많다고 느꼈다. 또 원래의 나와 다른 행동을 한다는 점도 불안의 모습을 잘 나타냈다고 생각한다. 불안해지면 나에 대한 자신감이 떨어진다. '자신감 없음으로 인한 자기 검열' 이것이 나를 꾸며야 하고 주위 사람들에게 맞춰야 한다는 강박관념을 만든다. 이것을 '가면'이라고 부르고 싶다. 나는 때에 따라 다른 가면을 썼다. 가면을 벗는 유일한 순간은 오직 집에 왔을 때뿐이었다. 가면을 쓰는 삶은 편하지 않다. 본래의 나 자신이 아니기 때문에 불편한 기분을 지울 수 없다. 나는 그렇게 고등학교 3학년을 보냈다. 내가 좋아하는 가면이 아닌 사람들이 좋아하는 가면을 쓰며 늘 나를 감추기에 급급했다. 라일리가 나와 달랐던 점은 나는 불안이가 중고등학교 내내 감정을 제어했다는 것이다. 그럴 때 약이 필요하다. 약은 불안이를 차분하게 해 준다. 불안이를 잠재워 주는 수면제까지는 아니지만 적어도 불안이가 미쳐 날뛰지 않게 해 준다. 또 나의 가면을 벗겨 주지는 못하지만, 가면을 벗을 수 있는 용기를 준다. 영화에는 'I am not good enough.'라는 대사가 나오는데 나는 이 대사가 사춘기, 우울증을 관통하는 문장이라고 생각한다. 다음 장에서 쓰겠지만 자존감과 우울증은 큰 관련이 있다고 생각한다. 우울증이 심해질 때는 자존감도 함께 낮아졌다.

　약에 대해 자꾸 언급해서 나도 내 자신이 약에 의존하는 사람처럼 보일 것 같다는 생각이 든다. 내가 자꾸 약에 대해 언급하는 이유는 더 많은 사람들이 치료를 받았으면 하는 마음이 있기 때문이다. 우리는 감기에 걸리면 병원에 가서 약을 먹는다. 물론 약을 먹지 않아도 나을 수 있다. 하지만 더 아프고 힘들게 긴 시간을 보내야 할 것이다. 우울증도 비슷하다 약을 먹지 않고도 나을 수도 있겠지만 약이 함께라면 더 편하게 생활할 수 있을 것이다.

자존감 자존감 자존감

    건강한 사람들은 자기 자신을 사랑하며 자존감을 채울 것이다. 하지만 주변 자극에 약한 나는 자존감 또한 주변 사람들에게 많은 영향을 받았다.

    1. 무시의 시작

    중학교 수학 시험을 본 날이었다. D라는 친구와 나는 같이 집에 가고 있었다.

    나: 시험 잘 봤어?
    D: 괜찮게 본 것 같아.
    나: 좋겠다. 너 수학 잘하잖아.
    D: 넌 좀 못하긴 하지.

2. 계속된 무시

그 친구의 무시는 그날이 끝이 아니었다. 어느 날 나는 교실에 앉아서 '수학의 정석 기본'을 풀고 있었다.

D: 너 아직도 이거 풀어? 적어도 실력은 풀어야지.

시험 결과, 나와 그 친구의 점수는 크게 차이 나지 않았다. 하지만 이 일 이후 난 수학을 잘하지 못하는 사람이라는 생각에 갇혀 살았다. 은근한 무시는 중학교 3학년 내내 계속되었고 나의 자존감은 자꾸만 떨어졌다.

3. "너희가 봐도 내가 기분 나빠야 할 상황이야?"

나는 길거리에서 사람들에게 많은 질문을 받는다. 작게는 길을 물어보는 질문부터 설문조사 요구까지 다양하다. 나는 그럴 때마다 친구들에게 묻는다.

"나 좀 만만하게 생겼나?"
"내가 좀 말 걸기 쉽게 생겼나 봐. 사람들이 나만 보면 말을 걸어.

오늘도 설문조사를 두 개나 해 줬어."

친구들의 대답은 중요하지 않았다. 일단 그렇게 생각하기 시작하니 위로의 말은 들리지 않았다. '만만한 사람'이라는 생각은 나를 점점 그런 사람으로 만들었고 누군가가 나를 상처 주는 말을 해도 꼭 확인해 봐야 하는 버릇이 생겼다. 마음 상하는 이야기를 들으면 일단 보류했다. 그리고 친구들과 가족에게 확인 절차를 밟았다. 그제야 하고 싶은 말을 할 수 있게 되었다.

'객관적으로 내가 기분이 나쁠 일이 맞나?'

4. 외모 콤플렉스

나의 고등학교는 남녀 성비가 1:9라는 엄청난 수치를 가지고 있다. 또 공부에 집중하는 친구들이 많았기에 자연스럽게 연애와는 먼 삶을 살아왔다. 그리고 나 자신 또한 친구 관계나 우울증 이슈로 인해 연애에 관심이 전혀 없었다고 해도 과언이 아니다. 하지만 스무 살이 되자 성비가 5:5인 사회로 나가게 되었고 친구들은 하나둘씩 연애를 하기 시작했다. 연애하지 못하는 나를 보며 문제점을 찾기 시작했다. '공부하면서 살이 쪄서 그런가?', '예쁘지 않아서일까?' 밥도 적게 먹어 보고 눈 성형도 해 보았다. 하지만 그렇게 해결되는 문제는 아니었던 것 같다. 눈도 커지고 살도 좀 빼 봤지만 충분하지 않다는 생각이 자꾸만 들었다.

나의 결론은 자신을 사랑해 줘야 한다는 것이다. 위로의 말들보다 가장 도움이 되었던 친구의 조언이 있다.

"pretty bitch!"

스스로 예뻐 보이지 않고 자존감이 떨어질 땐 이렇게 외쳐 보라고 했다. "너 진짜 괜찮은 사람이야."라는 다른 사람들의 말보다 너 자신에게 예쁘다고 말해 주라는 저 말이 놀랍게도 가장 도움이 되었다.

또 단단한 사람이 되어야 한다. 내면이 단단한 사람은 주위의 말에 흔들리지 않는다. 내면이 단단한 사람이 되려면 어떻게 해야 할까? 나의 다양한 면들을 인정해 주는 것이 방법의 하나라고 생각한다. '나는 그렇게 예쁘진 않아. 수학도 그렇게 잘하진 않아. 그럼에도 불구하고 나 참 괜찮은 사람이야. 난 친구들의 말을 잘 들어 줘. 뭐든 최선을 다하는 사람이야.' 이런 식으로 나의 장단점을 모두 인정하는 태도, 그럼에도 불구하고 나를 사랑해 주는 태도가 자존감에 중요하다고 생각한다.

스무 살의 내가
청소년기의 나를 돌아보며

　고등학교를 졸업했다. 그리고 나에게는 고4라고 불리는 재수의 과정이 남아 있었다. 재수를 하면서 혼자 생각할 시간이 많이 늘어났다. 또 현재는 치료를 1년 이상 받으며 증상이 아주 좋아졌기 때문에 과거를 돌아볼 용기가 생겼다. 지금 나의 중학교 고등학교 시절을 생각해 보고 그때 썼던 글이나 일기들을 보니 참 힘들었겠다는 생각이 든다. 나의 글에는 그때 느꼈던 감정들이 여과 없이 적혀 있었다. 불안과 우울감의 고통 속에서 과거의 내가 느꼈을 감정들이 느껴지는 것 같아서 이 책을 쓰는 것이 쉽지 않았다. 이 책을 쓰며 감정들을 복기해 보다가 느낀 것이 있다. 힘들 때 일기를 쓰는 것이 참 좋은 것 같다는 것이다. 나의 일기들을 읽으며 지금 많이 좋아졌다는 것을 느낄 수 있었다. 책에 쓰지 않은 일기 중에는 '죽고 싶다.'라는 내용으로 한 페이지가 꽉 차 있는 일기들도 발견할 수 있었다. 하지만 지금의 나는 그렇지 않

아프지만 평범한 스물입니다

다. 지금의 나는 꽤 건강하다고 할 수 있다. 처음 제대로 친구에게 말했던 날이 생각이 난다.

"나 우울증이야. 약도 먹고 병 걸린 지는 한 1년 정도 됐어."

놀라서 뒤로 넘어간다거나 충격받을 것으로 생각했던 것과는 다르게 친구는 따뜻하게 위로해 주었다.

"그랬구나. 너 너무 밝아 보여서 생각도 못 했어. 힘들었겠다."
"너 옆에서 계속 지켜봤는데 왜 몰랐을까."

좀 속상하기도 했다. 밝아 보이려고 노력했던 과거의 내가 안쓰러워서, 티 내지 않으려고 애썼던 과거의 나에게 미안해서. 나를 과하게 배려해 주는 것이 부담스러웠다. 그래서 더 말하지 못했던 것도 있다. 우리 집에서는 나의 병이 큰일은 아니다. 신나는 날이었다. 흥이 났고 마침 엄마가 소파에 앉아 계셨다. 그래서 앞에서 춤을 췄다.

"어우, 지인이 오늘 약 안 먹었니? 신났네."

나는 이런 분위기가 좋다. 나를 우울증 환자가 아닌 나로 봐 주는 것. 그것이 나에게는 정말 많은 힘이 되었다. 이 책을 읽고 있는 독자 중에서도 우울증을 가진 사람이 주변에 있을 수 있다. 나는 그 사람들을 평범하게 대해 줬으면 한다.

우울증은 가까운 사람부터
힘들게 한다

우리 집은 귤을 좋아한다. 정확히는 내가 귤을 좋아한다. 그렇기에 우리 집 겨울은 늘 귤이 박스째로 함께한다. 썩은 귤은 잘 골라내 줘야 한다. 그렇지 않으면 그 주변 귤들이 차례로 썩어 가기 때문이다. 나는 우리 집의 썩은 귤이었다. 나와 가장 가까운 가족들을 아프게 했기 때문이다. 이 세상에서 가장 가까운 사람은 누구일까? 모두에게 그런 것은 아니겠지만 나의 가장 가까운 사람은 엄마다. 나도 사회적 체면이라는 것이 있기에 학교나 학원에서는 최선을 다해 웃으려 노력했다. 나는 하루에 정해진 에너지가 있다고 생각한다. 그 에너지를 다 소비하면 방전되는 것이다. 나는 그 에너지를 모두 끌어와 집 밖의 삶에 사용했다. 그리고 집에 와서는 끝없는 우울의 시간이었다. 그것을 모두 받아 준 사람이 엄마다. 부모에게 가장 상처가 되는 말은 무엇일까? 나는 단연코 자식의 '살기 싫다'는 말이라고 생각한다. 나는 처음 그 말을 했을 때 엄마의 표정을 기억한다. 나라는 썩은 귤이 나의 가장 가까운 귤을 썩게 해 버린 것이다. 그때는 알지 못했다. 그런 말이 상처가 될 거라고. 사실 알았는지도 모르겠다. 그럼에도 불구하고 그 말을 내뱉고 싶었던 것 같다. 나와 가장 가까운 귤만 아름다운 것이 질투가 나서 못난 귤은 못된 말만 내뱉었다. 나에게는 동생이 한 명 있다. 나와 세 살 차이가 나는데, 최근에 사춘기가 왔다. 가족들보다 친구들과의 관계를 더 중요하게 생각한다. 말도 안 하고 뚱하게 있는 모습을 보니 나의 과거를 보는 것만 같았다. 그래서 동생이 방에 들어가고 엄마와 이야기를 나누었다.

"엄마, 쟤 사춘긴가 봐."

"넌 더했어. 저게 일상이었어."

"진짜?"

"너 맨날 울고 말도 안 하고. 말 걸면 짜증만 냈잖아. 그때 왜 그랬어?"

"사실 나는 관심받고 싶었어. 그렇게 하면 나한테 신경 써 줄 것 같았어."

"근데 왜 말 걸면 짜증 냈어?"

"짜증이 내고 싶었던 것 같아. 화풀이하고 싶었나 봐…."

나는 이 대화를 하며 '우울증은 가까운 사람부터 힘들게 한다.'라는 주제로 글을 쓰기로 결심했다. 나와 가장 가까웠기에, 어떤 일이 있어도 날 떠나지 않을 것을 알았기에 더 상처를 주었다. 나는 그것을 내가 겪어 보고서야 알았다. 동생이 사춘기가 오고 나와 비슷한 행동을 하는 것을 보고 나서야 알게 되었다. 우울증은 가장 가까운 사람부터 힘들게 한다. 나에게 더 많은 관심을 주기 때문에, 나에게 더 많은 신경을 써 주기 때문에 역설적으로 더 많은 상처를 받는다. 우울증이 심할 때는 나도 나의 마음을 모른다. 그저 세상이 나 자신 중심으로 돌아간다. '나에게 관심 가져 줬으면 좋겠어.', '그런데 혼자 내버려뒀으면 좋겠어.', '누군가 내 마음을 알아줬으면 좋겠어.' 나는 바로 이 마음이 가까운 사람들을 힘들게 한다고 생각한다. 나도 내 마음을 모르는데 다른 사람이 어떻게 나의 마음을 알 수 있을까. 나는 그럴 때 혼란스러운 자신을 탓하기보다는 따뜻하게 인정해 줬으면 한다. 흔들리는 나뭇가지에 세찬 바람이 분다면 그 나뭇가지는 필히 부러질 것이다. 흔들리는 마음을 타박하는 나 자신 또한 그와 다를 바가 없다. 흔들릴 때는 그저 흔들림이 멎을 때까지 기다려 주는 것이 방법이다.

상처, 주기도 싫고
받기도 싫은 것

　나의 성격은 겉으로 보기에는 상당히 활발한 편이다. 어색한 상황을 견디지 못하기 때문도 있고 남을 웃게 하는 걸 좋아하기 때문도 있다. 이러한 나의 성격은 우울증을 감추게 해 주었다. 그리고 나는 그런 나의 모습이 좋았다. 활발하고 외향적이고 장난기 넘치는 모습이 좋았다. 그래서 더욱더 그런 내가 되기 위해 노력했다. 힘든 날에도, 웃고 싶지 않은 날에도 늘 웃는 가면을 썼다. 그 가면은 다른 사람들이 보기에도 좋아 보였던 것 같다. 고백을 받았다. 나의 성격이 좋다고 했다. 처음 들었던 생각은 '날 왜…?'였다. 나는 누군가에게 미움받지 않기 위해 노력한다. 그렇기 때문인지 사람들에게 리액션 좋다는 평가는 자주 받는 편이다. 하지만 좋아한다는 감정은 생각해 보지 못한 것이었다. 그리고 나는 결론을 내렸다. '이 친구는 내가 만든 예쁜 가면을 좋아하는 것이지 진짜 날 좋아하는 것이 아니구나.' 지금의 나와는 다르게 어릴 때의 나는 더 본연의 모습을 보여 주는 사람이었다. 장난기 넘치고 정이 많으며 감정 기복 또한 심한 나의 모습을 말이다. 이것들은 좀 더 직설적으로 말하면 장난이 과하고 정은 집착이 되었으며 거기에 더해진 감정 기복은 나를 같이 있기 힘든 사람으로 만들었다. 그렇게 주변 사람들은 나에게 지쳐 갔다. 그 시절이 지나자, 본연의 내 모습은 조금 정제된 모습이 되었다. 눈치를 살폈고 적당히 웃음만 주려고 노력했으며 감정 기복을 티 내지 않기 위해 노력했다. 하지만 여전히 집에 있거나 오랜 시간 누군가와 함께해야 하는 상황이 생기면 나의 모습이 드러난다. 집에서는 조금 과한 장난을 치기도 하고 나에게 신경 써 주지 않으면 토라지기도 한다. 또 감정 기복이 심해 어제오늘 기분이 다르거나, 심하면 하루에도 기분이 롤러코스터를 타는 것처럼 요동치기도 한다. 나는 그 친구가 나를 좋아하는 것이 이러한 나를 모르기 때문이라고 생각했다. 그리고 나는 이런 모습을 그 친구에게 보여 주고 싶지 않았다. 과거의 기억이 자꾸 떠올랐기 때문이다. 내가 주변 사람들을 힘들게 한 대가로 주변 사람들은 날 떠나갔다. 정이 많은 나는 그 과정이 몹시 고통스러웠다. 아름다운 이별은 쉽지 않다. 내 이별은 모두 고통을 수반했다.

"내가 기회를 여러 번 줬는데 네가 놓친 거야."

"나 좀 그만 좋아해."

이러한 말은 나에게 비수가 되어 날아왔다. 나는 이것들이 모두 진짜 나를 보여 줬기 때문이라고 생각했다. 그렇기에 나는 거절할 수밖에 없었다. 연인이 된다는 것은 필연적으로 나의 많은 부분을 드러내야 한다. 그리고 그렇게 된다면 나도 그 친구에게 그 친구도 나에게 상처를 줄 것이다. 나는 상처가 싫다. 내가 누군가를 상처 주고 싶지도 않고 누군가가 나에게 상처 주지도 않았으면 한다. 받은 상처는 시간이 오래 지나도 흉터가 남는다. 내가 준 상처는 부메랑처럼 나에게 날아와 매일 밤 나를 괴롭힌다.

사촌 오빠는 고슴도치를 키운 적이 있다. 그래서 나도 여러 번 고슴도치를 본 적이 있다. 고슴도치는 가까이 다가가면 가시를 세운다. 하지만 적당한 거리에서 같이 논다면 즐겁게 시간을 보낼 수 있다. 우리는 모두 고슴도치이다. 사람에게도 적당한 거리가 중요하다. 너도나도 상처받지 않는 적당한 거리를 유지해야 가시에 찔리지 않을 수 있다.

아프지만 평범한 스물입니다

내 안에는
버럭이가 산다

"너는 어떤 감정들이 있어?"

어느 날 나는 친구에게 물었다. 친구는 까칠이, 행복이, 슬픔이, 불안이 등 여러 감정들을 말해 주었다. 친구가 나에게 반문했다.

"그럼 너한테는 어떤 감정들이 있는데?"
"나는 버럭이 70% 불안이 30% 정도인 것 같은데…"
"걔네 둘밖에 없어?"
"응. 나는 보통 버럭 하거나 불안해."
"맞는 것 같긴 해. 너 버럭이랑 비슷해."

나는 사소한 일에 버럭 한다. 수능 원서 접수하러 갔는데 ATM이 없는 게 화가 나고 집에 갔는데 먹고 싶었던 아이스

크림이 없는 게 화가 난다. 그러나 정작 큰일이 있을 때는 놀랍게도 차분해진다. 객관적으로 무례한 말을 들었을 때도 나는 바로 무례하다고 지적해 주지 못한다. 옹졸하게 엄마에게, 가장 친한 친구에게만 버럭 했다.

나는 자신의 마음속에 어떤 감정들이 살고 있는지 점검해 보는 것을 추천한다. 이렇게 점검해 보는 것은 놀랍게도 큰 효과를 준다. '난 좀 까칠한가?'라는 생각을 '아, 나는 까칠이가 한 10% 정도 살아.'라고 수치화해서 보면 더 정확하게 나를 바라볼 수 있기 때문이다. 그렇게 내 안에 사는 감정들을 모두 파악하고 나면 그 감정들을 없애기보다는 어떻게 해야 같이 잘 살아갈 수 있을지 고민해 보게 된다. 예를 들어 나의 경우에는 '버럭이'를 귀여워해 보려고 노력했다. 〈인사이드 아웃〉 영화를 보며 버럭이가 비호감이라고 생각했던 사람들은 많지 않을 것이다. 나 또한 그랬다. 물론 가장 좋아하는 캐릭터는 행복이였지만, 버럭이도 꽤 귀엽다고 생각했다. 그렇다면 어떤 점이 귀여울까를 생각해 봤다. 먼저 나는 추진력이 좋은 점이 귀엽다고 생각했다. 화가 나는 일이 있을 때 버럭버럭하며 일을 척척 해내는 모습이 참 매력적이었다. 또 버럭하는 수준이 남에게 피해가 가지 않는 정도여서 좋았다. 버럭이가 화가 나서 불을 뿜을 때 다른 감정들이 말려 주면 다시

아프지만 평범한 스물입니다

잠잠해지듯이 나의 버럭이 또한 불을 꺼 주는 사람들이 옆에 있으면 금세 잠잠해진다. 이런 식으로 자신의 감정들을 사랑하고 애정을 주다 보면 조금 더 감정을 이해하고 더 나아가서 나 자신 또한 이해할 수 있을 것이라고 생각한다.

물론 쉽지는 않을 것으로 생각한다. 나는 나의 불안이가 그렇게 좋지 않다. 불안이와 함께하는 삶이 너무 힘들었다. 그러나 노력하고 있다. 내가 일을 할 때나 공부를 할 때 불안이는 나를 더 꼼꼼하게 해 준다. 이렇게 하나씩 찾아가다 보면 언젠가 불안이까지 품을 날이 올 것으로 생각한다.

쉽지 않은 일이기 때문에 해낸 다음에는 모두 자기 자신을 조금 더 사랑해 줄 수 있지 않겠느냐는 기대를 해 본다.

나를 인정하는 데
참 오래도 걸렸습니다

　나는 내가 싫었다. 이유는 수백 가지도 들 수 있었다. 쟤보다 예쁘지 않아서, 똑똑하지 않아서, 부자가 아니라서 같은 이유가 있었다. 중요한 건 이 문장들은 모두 비교급이라는 것이다. 나는 항상 누군가와 나를 비교했다. 그 대상이 친구일 때도 가족일 때도 심지어는 TV에 나오는 사람들일 때도 있었다. 그래서 나는 나를 비웠다. 백지에만 색을 칠할 수 있다고 생각했다. 백지로 만들기 위해 나의 기질이나 성격을 모조리 없앴다. 그리고 남으로 그 빈자리를 채웠다. 친구들은 내가 가장 쉽게 관찰할 수 있었던 대상이었다. 나에게는 친구에 호불호가 있을 자격이 없다고 생각했다. 무조건 수용해야 한다고 생각했다. 그래서 모든 행동을 따라 했다. 친구가 했던 말 중 기억에 남는 말들은 비슷하게 흉내 냈다. 마치 스펀지 같은 사람이었다. 문제는 좋은 것만 따라 하고 적당한 만큼만 따라 하기는 힘들었다는 것이다. 우리는 모두 사람이다. 완벽한 사람은 존재하지 않는다. 하지만 나는 나 이외의 모든 사람이 완벽하다고 생각했고 그 친구의 단점까지도 모두 흡수했다. 기준이 없었다. 어느 정도까지가 수용되는 범위인지 잘 알지 못했고 친구가 나에게 하는 말이나 행동만큼이 모두에게 수용되는 범위라고 생각했다. 모든 걸 그대로 따라 했지만 노력했음에도 성과는 없었다. 오히려 마이너스라고 할 수 있었다.

그다음 비교 상대는 엄마였다. 나와 가장 가까웠기에 엄마는 나의 우상처럼 보일 수밖에 없었다. 엄마의 외향적인 모습이 닮고 싶었다. 나는 늘 투덜댔다.

"나는 왜 엄마랑 성격이 달라? 나는 왜 외향적이지 않아?"
"엄마는 어릴 때 너보다 심했어. 괜찮아. 크면서 나아질 거야."

나는 그 말이 참 무책임하게 들렸다. 시간이 해결해 줄 것이라는 말을 참 싫어한다. 기다리는 시간이 참 고통스럽기 때문이다. 더 빨리 해결할 방안이 있다면 해 주면 좋을 텐데 그렇지 않고 지켜만 보는 엄마가 참 미웠다. 최근 엄마에게 물어본 적이 있다.

"왜 내가 도움이 필요하다고 할 때 도움을 주지 않았어?"

"엄마도 힘들었어. 시행착오를 겪는 너를 보는 게 쉽지 않았어. 도와주고 싶었어. 그런데 그때는 기다려 주는 게 널 도와주는 거라고 생각했어. 네가 스스로 잘 헤쳐 나가는 과정이라고 생각했어."

흔히 기다려 주는 것이 가장 힘들다고들 한다. 바라봐 주는 것이 가장 힘들다고 한다. 엄마는 그래서 나를 기다려 준 것이다. 나름의 배려였다. 성향이 잘 맞는 부모와 자식이 있다. 엄마와 나는 친구 같고 같이 있으면 편안하다. 하지만 감정을 다루는 부분에서 의견 차이가 있었던 것이다. 나는 힘들 때 화를 냈고 짜증을 냈다. 엄마는 그걸 묵묵히 받아 주었다. 우리 사이에 더 깊은 대화를 했다면 슬기롭게 그 시기를 헤쳐 나갈 수 있었을 것이다.

이렇게 비교만 하던 내가 '나'를 찾게 된 것은 얼마 되지 않았다. 내가 좋아하는 음식, 내가 좋아하는 사람을 찾는 것은 어려웠다. 비교하고 남의 말만 따라 하던 나에게 의견이 없다고 불만을 토로하던 친구들이 있었다. 처음에는 그저 상처였다. 나는 최선을 다했는데 그 최선의 방향이 틀렸다는 것을 알게 되었을 때의 절망감은 말로 할 수 없었다. 주저앉았다. 그냥 엉엉 울었다. 아무도 만나지 않았다. 하지만 학교를 가야 했고 시험을 봐야 했다. 어쩔 수 없는 일정들은 나를 다시 일어날 수 있게 해 주었다. 길을 잘못 들었을 땐 다른 길로 가면 된다. 조금 돌아가면 된다. 인생이 꼭 최적 경로일 필요는 없다. 나는 일어났다. 처음부터 다시 시작했다. 의견을 내기 시작했다. 내가 좋아하는 것이 무엇인지 고민했다. 그러자 신기하게 점점 다른 사람이 걷히고 내가 나타났다. 남들과 비교하던 나에서 그냥 나 자신을 받아들여 주는 나로 변했다. 참 멀리도 돌아왔다. 하지만 이제야 올바른 길로 가고 있는 듯한 느낌이 든다. 나라는 하얀 도화지를 다른 사람으로 채우려 했지만 이제는 나로 가득 채우려 한다.

다른 사람에게서
나를 보다

　역시 피는 속일 수 없는지 동생이 힘들어하기 시작했다. 온갖 일에 스트레스를 받고 말도 잘 하지 않는다. 나는 동생이 스트레스를 많이 받는 이유 중 하나로 생각이 많은 것을 꼽고 싶다. 생각은 꼬리에 꼬리를 물고 커진다. 긍정적인 생각은 힘이 나게 한다. 그러나 우울할 때의 생각은 오히려 자신을 생각에 잡아먹히게 한다. 내가 힘들었던 이유 또한 생각이 너무 많았기 때문이었다. 스트레스를 많이 받는 걸 보는 것만으로도 벅찬데 불러도 대답도 하지 않는다. 나는 그 모습에서 놀랍게도 과거의 내가 보였다. 세상 모든 일이 자극이었던 때가 생각났다. 왜 많은 사람들이 사춘기와 우울증을 구분하지 못하는지, 엄마는 과거의 나에게 왜 그랬는지가 모두 이해되었다. 동생을 보면 늘 피곤해 보인다. 말을 걸기 쉽지 않다. 자기의 기준이 있고 벗어난 것들에 모두 스트레스를 받아 한다. 가장 가까운 엄마에게 자꾸 짜증을 내고 불만을 토로한다. 나는 그 과정을 겪어 온 사람으로서 안타까운 마음뿐이다. 청소년 우울증을 겪은 사람임에도 다른 사람의 마음을 판단하는 것은 쉽지 않다. 스스로 이겨 낼 수 있는 정도인지, 상담을 받아 봐야 하는지, 병원을 가야 하는지 판단이 서지 않는다. 불만을 얘기하거나 짜증을 내는 것 빼고는 말도 거의 하지 않으니 사춘기인지 우울증인지도 구별이 되지 않는다. 나는 처음으로 보호자의 마음을 이해하게 되었다. 우울증은 환자뿐만 아니라 주변 사람도 힘들게 한다. 나는 과거의 내가 얼마나 힘들게 했을지가 상상이 되어 마음이 아팠다. 나는 그럴 때 전문 기관에 가 보는 것을 추천한다. 상담센터, 정신과 등 전문가가 보는 것이 정확하기 때문이다. 그냥 스스로 이겨 내야 하는 부분인지 약을 먹고 치료를 받아야 할 정도의 상태인지는 너무 혼자 고민하지 말고 검사를 받아 보는 것이 좋다.

나는 동생에게서 과거의 나를 봤다. 나는 동생의 20배는 더했던 것 같다.

"동생한테 잘해 줘. 쟤 요즘 힘들어."
"검사받아 봐야 하는 거 아니야?"
"안 그래도 고민 중이야."

"엄마 힘들었겠다. 딸이 괜찮아지니까 아들이 아프네."

"괜찮아. 다 이겨 내는 과정이니까."

나는 힘든 사람들에게 또 힘들어하는 자녀를 둔 부모님들께 이겨 낼 수 있다고 말해 주고 싶다. 아프지만 관리하며 평범하게 살아갈 수 있다고 말해 주고 싶다. "아프지만 평범한 스물입니다. 아팠지만 이겨 낸 스물입니다."

죽고 싶은 사람은
없다

    고등학교 시절 어떤 프로그램에 참여한 적이 있다. 한 달에 두 권 정도의 책을 읽어야 하는 프로그램이었다. 그때 읽었던 책 중 기억에 남는 책은 바로 『나는 매주 시체를 보러 간다』이다. 나는 〈그것이 알고 싶다〉라는 프로그램을 참 좋아한다. 그래서 더 이 책을 열심히 읽었는지도 모르겠다. 그리고 이 책은 나에게 처음 죽음에 대해서 제대로 생각해 보게 된 계기를 만들어 주었다. 나는 죽음을 생각했었다. 그때는 죽음으로써 모든 것을 해결하려고 했다. 내 머릿속에서 일어나는 복잡한 일들을 한 번에 해결할 수 있는 방법이라고 생각했다. 자살을 생각하는 사람들은 오랜 시간 자살을 생각해 왔어도 막상 죽으려는 순간에는 살고 싶어 한다고 한다. 한국의 자살률이 OECD 회원국 중 불명예스러운 1위라는 것은 잘 알려진 사실이다. 네이버에 '자살률'이라고만 검색해도 '자살률 1위', '자살률 순위' 등의 연관검색어가 나온다. 그만큼 자살 문제가 심각하다고 할 수 있다. 내가 내린 결론은 죽고 싶은 사람은 없다는 것이다. 또 죽는다고 해결되는 문제도 많지 않다는 것이다. 나의 문제는 해결될 수도 있겠지만 남겨진 사람들에게는 그때부터가 시작이다. 내가 죽으려고 마음먹었을 때는 '내가 죽어도 슬퍼할 사람이 있을까?'라고 생각했다. 하지만 조금 나아진 뒤 생각을 해 보니 가족이 눈에 밟혔다. 가장 가까운 사람이 가장 상처를 받는다. 엄마가 연락만 잠깐 되지 않아도 걱정하면서 내가 죽어도 슬퍼하지 않을 것으로 생각했던 것은 틀린 생각이었다. 주변에 힘들어하는 사람이 있다면 잘 지켜봐 주고 그 사람이 보내는 신호를 잘 알아차리는 것만으로도 우리 사회의 많은 죽음을 막을 수 있지 않을까.

나는 살고 싶었다. 살고 싶다. 그러나 죽고 싶은 기분이 들 때가 있다. 무섭다. 우울증이라는 병이 나를 죽음으로 이끌까 봐.

우울증은 살고 싶은 사람들에게 죽음을 생각하게 한다.

아파도 괜찮아,
나아지면 되지!

    매일 밤, 잠들기 전 약을 먹는다. 그리고 아무 일도 일어나지 않는다. '아무 일도 일어나지 않음'. 우울증을 겪어 본 사람이라면 이것이 얼마나 엄청난 일인지를 알 것이다. 우울증이 한창 심할 때 나는 혼자 생각을 하다가 불안해하거나 슬퍼하며 눈물을 흘리는 일이 잦았다. 그렇게 잠을 잘 자지 못했고 잠을 잘 자지 못한 나의 정신 상태는 좋을 수 없었다. 하지만 약을 먹은 이후 생각이 단순해짐을 느꼈다. 이제는 상당히 단순해져서 병원에 가서 고민을 말할 정도이다.

    "선생님, 저 너무 단순해지고 생각이 없어진 것 같아요. 이렇게 생각 없이 살아도 될까요?"
    "단순한 게 무언가를 성취하기에는 좋은 상태라고 할 수 있어요. 생각이 없다고 느껴질 수 있겠지만 대학을 가야 하는 상황이니 긍정적으로 생각해 봅시다."

내가 눈 성형을 한 이유는 단순히 외모 때문만은 아니었다. 눈 뜨는 힘이 약했기 때문도 있었다. 성형을 한 이후 내가 가장 많이 했던 말은 바로 이것이었다.

　"아니, 세상 사람들은 다 이렇게 편하게 눈을 떴단 말이야?"

　약을 먹은 지금도 비슷한 생각을 한다.

　"아니, 세상 사람들은 이렇게 행복하게 살았단 말이야? 다들 죽고
　싶다고 생각하지 않고 산단 말이야?"

　그렇다고 해서 완치라는 소리는 아니다. 나는 우울증과 불안을 나의 관리해야 하는 친구들 정도로 생각하고 있다. 여전히 자존감이 높지 않고 여전히 고데기를 뽑았나 걱정이 되고 여전히 실수하는 게 두렵다. 그럼에도 불구하고 지나가는 차를 보며 '저 차가 나를 쳐 주면 좋겠다.'라는 생각은 하지 않는다. 매일 밤 울며 잠들지도 않는다. 전에 비해 단순해진 생각들은 작은 실수들을 '괜찮겠지.' 하고 넘길 수 있게 해 주었다.

우울과 친해지는 네 번째 방법
: 복잡함을 단순함으로

    복잡하다는 것은 일이나 감정 따위가 갈피를 잡기 어려울 만큼 여러 가지가 얽혀 있다라는 뜻이다. 그리고 복잡하지 않은 상태를 단순하다고 한다. 복잡함은 생각을 많게 한다. 감정이 갈피를 잡기 어려울 만큼 여러 가지가 얽혀 있다면 당연히 무언가를 할 때 고민이 많을 수밖에 없다.

    그 감정을 단순하게 바꾸자. 여러 가지가 얽혀 있는 게 문제라면 하나씩 생각하면 된다. 그러면 신기하게도 많은 복잡함이 해결된다. 나는 그 방법으로 감정을 적는 걸 추천한다. 번호를 매겨서 감정을 적어 보자. 하나씩 순차적으로 생각하는 데 도움이 될 것이다. 또 적고 나면 내 감정이 머릿속에 있을 때 생각했던 것만큼 복잡하지 않다는 것을 깨닫게 될 것이다. 그걸 깨닫는 것은 복잡함을 단순함으로 바꾸는 과정에 큰 역할을 할 것이다.

제 5 장

나아진다는 건 진짜 나를 찾는다는 것

──── 나는 아직 완치라고 부를 만한 수준은 아니다. 약도 줄이지 않았고 오늘 아침에도 고데기를 두 번 세 번 확인했다. 그러나 난 나아졌다고 확신한다. 왜냐하면 '내일'이 있기 때문이다. 나아지기 전 나는 매일 밤 '내일은 없었으면 좋겠다.'라고 생각했다. 하지만 지금은 잠들기 전에 '내일은 아침에 계란장 먹어야지!'라고 생각한다. 나는 이 변화가 아주 큰 변화라고 생각한다. 너무 힘들 땐 1분 1초도 더 숨 쉬고 있기 힘들었다. 지나가는 차를 봐도 날 쳐 줬으면 좋겠고 집에 있는 가방끈만 봐도 어딘가에 매달고 싶어졌다. 하지만 지금의 나에게는 내일이 있다. 거창하진 않지만 소소하게 해 보고 싶은 것도 생겼다. 나에게 '버킷리스트'란 상상할 수 없는 것이었다. 그런데 요즘 난 버킷리스트가 생겼다.

1. 대학 가기
2. 연애해 보기
3. 교환학생 가기
4. 책 출간하기
5. 친구들과 여행 가기

──── 이런 식으로 소소하지만 하면 행복해질 것 같은 것들이 생겼다. 나는 지금부터 약을 제외한 '내가 나아질 수 있었던 법'을 소개해 보고자 한다. 우울증은 나를 다른 사람으로 만든다. 성격, 성향 등 살아가는 데 중요한 부분들을 바꿔 놓는다. 처음에는 우울증이 참 고마웠다. 정말 싫은 진짜 나 자신을 다른 사람으로 만들게 해 주었기 때문이다. 마치 예쁜 가면을 쓰고 누

☺

군가를 만나는 듯한 느낌이라고 하면 비슷할 것 같다. 하지만 가면을 쓰는 삶이 오래되자 점점 피로해졌다. 그래서 나는 치료를 받았다. 가면을 벗어던지기 위해. 이번 장에서는 가면을 벗어던지자 나타난 진짜 나에 대해 적어보도록 하겠다. 가면이 없는 나조차 사랑하게 만드는 것, 그것이 내가 느낀 치료의 효과이다.

내가 나를 안 믿어 주면
누가 날 믿어 주나 – 상담

상담에 대해 이야기하기 전에 '기준'에 대해 이야기해 보고 싶다. 나는 사람마다 각자의 기준이 있다고 생각한다. 과거의 나는 남의 기준을 맞추기 위해 부단히 노력했다. 늘 눈치를 봤고 상대방에 대해 생각했으며 상대방의 기준을 넘지는 않았을까에 대한 걱정에 잠을 설치기도 했다. 그런 내가 상담을 받고는 '나의 기준'이 생겼다. 나는 나의 기준을 만드는 것이 참 중요하다고 생각한다. 내 기준이 없던 시절 나는 늘 남의 기준에 따랐고 사람마다 다른 기준에 휩쓸렸고 다른 사람의 기분에 나의 기분 또한 흔들리는 위태로운 삶을 살았다. 마치 태풍 오는 날에 외나무다리를 건너는 삶이었다고 할 수 있다. 나의 기준을 만드는 것은 쉽지 않았다. 처음에는 내가 들은 말, 생각했을 때 상대방이 기분이 나빴을 것 같은 말, 신경 쓰이는 일 등을 모두 상담 선생님께 여쭤봤다.

"선생님, 오늘 친구한테 장난을 쳤는데 그 친구 표정이 좀 안 좋았던 것 같아요. 이 정도 장난도 치면 안 되는 걸까요?"

"오늘 음식 메뉴 정하는데 저는 샌드위치 싫다고 말해 봤어요. 잘한 거겠죠?"

"친구가 저에게 화가 난 것 같은데 제가 잘못한 건가요?"

"저 오늘 또 사과했어요…. 사과할 일이 맞았을까요?"

이런 식으로 모든 일을 다 여쭤보고 나니 어느샌가 나의 기준이 생겼다. 그러나 처음부터 나의 기준이 있었던 것은 아니었다. 처음에는 선생님의 기준이었다. '나는 믿지 못하지만, 선생님은 믿을 수 있다.' 나의 기준은 이것이었다. 무슨 일이 생기면 '선생님이었으면 괜찮다고 했을 거야. 그러니까 이 정도는 그냥 넘겨도 돼.' 이런 식으로 생각하려고 노력하다 보니 점점 선생님은 사라지고 '나 자신'이 남았다. 드디어 미약하지만, 나의 기준이 생긴 것이다. 나는 잘 받아 주는 사람이다. 그렇기 때문인지는 모르겠지만 꽤 무례한 말을 많이 듣는데 아직은 듣자마자 화내 줄 만큼 나를 믿지는 못하는 것 같다. '화를 낸다는 것'은 내 기준을 믿어야 하고 또 나자신이 옳다고 생각해야 할 수 있는 일이기 때문이다. '내가 틀렸을 거야.', '난 그런 말을 들을 만한 사람일 거야.', '다들이 정도는 참고 살겠지.'라는 생각은 화를 내지 못하게 만들고 나 자신이 점점 작아지게 만든다. 현재의 나는 비록 바로 화를 내지는 못해도 바로 '어? 이거 이상한데? 쟤 좀 무례한데?' 하고 생각할 수 있는 사람이 되었다. 나는 이것이 바로 상담의 효과라고 생각한다. 나의 기준을 만들게 해 주는 것. 내가 나를 믿어 주는 것.

풍선이 터지지 않게 해 줌
- 일기

두 번째 방법은 일기를 쓰는 것이었다. 나는 고등학교 1학년 때 두꺼운 일기장을 하나 샀다. 그리고 '감정 쓰레기통'이라는 이름을 붙여 줬다. 처음에는 정말 감정 쓰레기통 그 자체였다. '살기 싫어.'라고 도배가 된 페이지도 있고 자기혐오가 가득한 페이지도 있다. 그럼에도 불구하고 난 계속 일기를 썼다. 그러다 보니 일기에는 점점 읽을 만한 부분들이 생기기 시작했다. 오늘 한 생각이나 슬펐던 일, 행복했던 일 등이 일기에 채워졌다. 내가 일기의 내용을 책에서 이야기하는 이유는 일기의 효과를 많이 봤기 때문이다. 내가 느낀 일기의 효과는 세 가지 정도가 있다.

첫 번째는 감정을 정리할 수 있다. 감정을 생각으로만 가지고 있으면 바람을 계속 넣어 주는 풍선처럼 자꾸 커지기만 한다. 그러다 어느 순간 빵 터지게 되는 것이다. 나에게는 그 빵 터짐이 눈물이었고 나 자신을 아프게 하는 것이었다. 일기는 빵 터짐의 순간을 막아 준다. 일기를 쓰고 읽다 보면 나의 감정이 생각보다 심각하지 않음을 깨닫게 된다. 나의 일기 중 '행복해지는 게 두렵다.'라는 내용이 있다. 그때 내가 느낀 감정은 '행복해지는 게 두려워. 행복하면 안 돼. 그러면 불행해야지. 그러면 그냥 그만 살아야지.' 정도였다. 하지만 글로 적으니 '아, 내 감정은 딱 두려운 정도였구나.' 하는 생각을 하게 되었다.

두 번째 효과는 나아짐을 실감하게 된다는 것이다. 나는 과거의 내가 쓴 일기를 읽는 것을 좋아한다. 불행과 고통이 가득한 글이지만 그게 오히려 지금의 내가 많이 나아졌다는 것을 실감하게 해 준다. 나는 나와 잘 맞는 친구들, 즉 같이 있을 때 행복한 친구들을 만나는 것이 두려웠다. 그 친구들이 날 버리는 것이 두려웠기 때문이다. 여기서 느껴지듯이 나는 나의 주체가 '나 자신'이 아닌 '친구들'이었다. 상담에 대한 그에서 적은 것과 주제가 비슷한데 나의 주체는 나여야 한다. 그렇지 않으면 다른 사람들에게 휩쓸릴 수밖에 없다. 특히 중고등학교 시절의 자아 형성은 더 중요하다고 생각한다. 다른 친구들의 자아도 다 형성되지 않은 상태이기 때문에 내가 흔들리면 성숙하지 않은 다른 사람들의 자아의 바다에 보호 장비 없이 뛰어들게 한다. 그리고 난 일기를 쓰고 그 일기를 읽고 나의 감정을 정리하는 것이 자아 형성에 큰 도움이 된다고 생각한다. 이때 주의할 점은 사건 중심이 아닌 나 중심으로 일기를 써야 한다는 것이다. 예를 들어 보자. '오늘 친구들과 같이 마라탕을 먹으면서 재미있게 이야기했다.'보다는 '오늘 같이 밥 먹으면서 친구들과 이야기를 나눴는데 나는 실수할까 두려워서 말을 조심하게 됐다. 그러자 한 친구가 "지인이 오늘 왜 이렇게 조용해?"라고 물어봤는데 내가 말하지 않은 것이 기분이 나쁜 것으로 비쳤을까 봐 걱정이 됐다.' 이런 식으로 그때 내가 느꼈던 감정들과 생각들을 여과 없이 적는 것이 중요하다. 그래야 나중에 다시 읽어 봤을 때도 도움이 되고 쓰면서도 생각도 정리되기 때문이다.

내가 느낀 마지막 효과는 성취감이었다. 채워진 일기장을 보고 있으면 '나 좀 괜찮은데?'라는 기분이 들게 된다. 꾸준하게 무언가를 하는 것은 우울증 환자들에겐 정말 쉽지 않다. 씻는 것, 제때 잠을 자고 밥을 먹는 것 어느 하나 쉬운 것이 없다. 하지만 생각날 때마다 쓰는 일기는 생각보다 금방 채워지고 그렇게 채워진 일기는 성취감을 준다. 성취감은 다음을 기약할 수 있게 한다. '나 일기도 한 권 채웠는데 다른 건 또 뭘 해 볼까?' 이런 식으로 말이다.

생각을 끊어 내는
3가지 방법

 '생각 끊기가 뭐지?'라고 생각할 수 있을 것이다. 나의 우울증 증상 중 하나는 생각이 정말 많아진다는 것이다. 꼬리에 꼬리를 무는 생각들은 점점 커져서 내가 감당할 수 없는 수준까지 커지곤 했다. 그럴 때 필요한 것이 '생각 끊기'이다. 나는 생각을 끊어 내기 위해 초반에는 건강하지 않은 방법을 사용했다.

 바로 '잠'이었다. 나는 정말 하루 종일 잠을 잤다. 잠을 자는 것은 생각이 나지 않게 했고 나는 잠에 취했다. 정말 취했다는 표현이 맞는 것 같다. 잠을 자고 일어나서 울다 다시 잠들었다. 그렇게 잠을 자면 생각은 나지 않았지만 정말 아무것도 할 수 없었고 삶은 무너져 갔다. 나는 생각을 끊는 방법으로 잠은 추천하지 않는다. 나중에 쓰겠지만 규칙적인 생활은 우울증이 낫는 데 정말 중요하다고 생각하기 때문이다. 잠을 많이 자게 되면 하루가 무의미하다는 느낌이 들고 내가 쓸모없는 인간 같다는 생각이 든다. 그렇게 생각이 들기 시작하면 또 생각을 끊기 위해 잠을 자고 악순환이 반복되었다.

내가 추천하는 방법이고 지금도 사용하는 방법은 '노래 듣기'다. 슬픈 발라드 같은 노래가 아니라 내가 좋아하는 아이돌의 노래를 많이 들었고 실제로 많은 도움이 되었다. 생각을 많이 하는 것은 나의 경우에는 필히 나쁜 쪽으로 결론이 났다. 그래서 나는 첫 번째로 했던 생각이 다른 생각으로 넘어가기 전에 바로 노래를 틀었다. 노래는 내가 다른 일을 하기 위한 발판 같은 존재였다.

마지막 방법은 '혼자 있지 않기'였다. 내가 생각했을 때 우울증 환자를 오래 혼자 두는 것은 좋지 않다. 생각을 오래 하는 것은 좋지 않다. 그럴 때 나는 친구들을 만나거나 엄마와 이야기를 나누는 등 즐겁고 신나는 주제로 생각의 주제를 바꿨다. 나는 생각은 전염된다고 생각한다. 좋은 생각을 하는 친구들과 가족들을 만나는 것은 나쁜 생각들을 끊어 내는 데 큰 도움이 될 것이다.

감정에 이유를 붙이자
행복해졌다

이유가 없는 우울은 사람을 힘들게 한다. 내가 병원에 가서 약을 늘릴 때는 늘 이유가 없는데 우울감이 심해질 때였다.

"선생님, 요즘 정말 힘들 이유가 없는데 너무 힘들어요."
"여성분들은 생리 전후로도 우울할 수 있어요. 혹시 그런 건 아닐까요?"
"그런 건 아닌 것 같아요."
"행복해야 하는 일들만 가득했는데 너무 힘들어요. 친구들이랑 여행도 가기로 했고 책도 쓰기로 했어요. 그런데도 우울해요."

생각해 보면 병원에 가거나 상담에 가면 늘 이유를 찾아 주려고 노력하셨다. 그래서 난 나 스스로도 이유를 찾기 위해 노력하기 시작했다. 물론 이유를 찾을 수 없을 때도 있었다. 하지만 많은 경우에 억지로라도 이유를 붙여 줄 수 있었다. 예를 들어 보자. 아침부터 상쾌하게 일어났고 맛있게 밥도 먹었는데 자습을 하던 중 갑자기 참을 수 없이 울음이 나는 날들이 있다. 그런 날에 나는 '아, 오늘 단 게 좀 부족해서 우울한 것 같은데?'라던가 '아, 오늘 잠이 좀 부족했나 봐.' 같은 이유를 붙여 준다. 해결할 수 있는 이유일수록 좋다. 단 게 부족하다면 밖에 나가서 초콜릿을 먹거나 흑당 버블 라테를 마신다. 잠이 부족하다는 이유를 붙였을 때는 양해를 구하고 10분 정도 낮잠을 잔다. 이렇게 이유를 붙이고 해결해 주면 신기하게도 많은 감정들이 사라지진 않아도 작아졌다. 특히 밖에 나가서 잠깐 산책을 하며 맛있는 걸 먹는 건 효과가 좋다. 몸의 피로는 쉬면 좋아지지만, 정신의 피로는 바깥 공기를 맡고 움직이는 것으로 좋아지기 때문이다.

그럼에도 불구하고 나아지지 않을 때는 두 가지의 방법을 썼다.

첫 번째 방법은 다 접고 집에 가는 것이다. 많은 경우에 나의 우울은 수용성이었다. 펑펑 울고 잠을 자고 나면 퉁퉁 부어 버린 나의 눈을 보며 다시 웃을 수 있게 되었다.

두 번째 방법은 병원에 가는 것이었다. 병원에 전화하고 진료를 받았다. 그렇게 진료를 받고 나면 나의 상태가 정확히 판단되었다. 그냥 감정 기복인 건지, 우울증이 심해진 건지, 새로운 병이 생긴 건지 판단이 되었다. 그리고 전문가에게 상담을 받는 것은 그것 자체로도 효과가 있었다.

코딩된 프로그램같이
사는 삶

　나는 중학교 2학년 때부터 심한 우울감을 겪었다. 특히 중학교 2학년 때가 심했는데 그때는 정말 학교에 가는 것이 힘들었다. 그래서 학교를 그만두겠다고 엄마와 엄청나게 싸웠고 학교를 거의 매일 조퇴했으며 수련회도 가지 않았다. 삶에 대한 의지가 없었다. 고등학교에 대해 생각하지 않았기에 출결과 성적 모두를 생각하지 않고 생활할 수 있었다. 그렇게 나의 생활은 무너졌다. 매일 배가 아팠고 배가 아프다는 핑계로 학교를 나가지 않았다. 늦게 자고 늦게 일어났고 집에 와서도 생산적인 일은 하지 않았다. 그때를 지나고 지금 생각해 보면 우울감이 더 심했던 이유는 규칙적인 생활을 하지 않았기 때문 같다. 아침에 일찍 일어나고 일찍 자고 자기 전에 씻는 기본적인 행위는 사람을 살 수 있게 한다. 이것저것 다 하면서 잠도 일찍 자고 일찍 일어나는 것이 아니라 일찍 자고 일찍 일어나는 생활을 하기 때문에 모든 걸 할 수 있

　아프지만 평범한 스물입니다

게 되는 것이다.

나는 그걸 고등학교 때 많이 느꼈다. 중학교 2학년 때는 우울감 때문에, 중학교 3학년 때는 코로나 때문에 망가진 생활 패턴을 가지고 있던 나는 고등학생이 돼서야 비로소 정돈된 삶을 살 수 있었다. 중학교 때보다 훨씬 힘든 삶이었다. 7시 50분 등교, 10시 하교의 일정이었다. (야간 자율 학습을 함) 하지만 난 그렇게 힘들지 않았다. 하루하루가 규칙적이었기 때문이다. 내가 더 규칙적일 수 있었던 이유는 과외 선생님이 습관과 계획을 상당히 좋아하는 분이셨기 때문도 있다. 하루하루가 짜여 있었고 나는 코딩된 프로그램처럼 매일을 살았다. 당시 나의 일과는 이러했다.

7:50 등교

8:00-16:00 수업-쉬는 시간에 수학의 정석 풀기

16:00-16:30 1차 자습-수학

16:30-17:30 저녁

17:30-19:30 2차 자습- 수학

19:40-21:00 3차 자습-과학

21:00-22:00 4차 자습-영어 국어

이렇게 살아가다 보니 목표가 생겼고 시험을 준비했고 중간중간 시간을 빼서 친구들과 놀기도 했다. 나는 규칙적인 삶이 무너지면 그래서 목표가 없어지고 아슬아슬한 젠가 같은 삶이 계속된다면 정신 상태 또한 필히 안 좋아진다고 생각한다. 나는 계획을 좋아하지 않는다. 주변에서 알아주는 즉흥쟁이다. 하지만 큰 틀(잠자는 시간 일어나는 시간)은 꼭 지키려고 노력하고 있다.

검정, 흰색보다는 회색

"지금 삶이 흑백으로 나뉜 것 같아요. 중간이 없어요."

내가 실수한다면 친구들이 모두 나에게서 떠나갈 것 같다는 나에게 상담 선생님이 나에게 해 주신 말이었다. 좋은 사람과 나쁜 사람, 친하거나 손절하거나 나에게는 정말로 중간이 없었다. 중간이 없다는 생각은 나를 눈치 보게 만들었다. 한 번의 실수가 관계를 무너뜨릴 것으로 생각했다. 그래서 나는 실수하지 않기 위해 노력했다. 말과 행동을 검열했다. 그렇게 검열하는 습관은 내가 말하지 못하게 했다. 검열할 바에는, 실수할 바에는 말하지 않겠다는 생각은 나를 점점 소심한 사람으로 만들었다. 나에게는 지인이라는 개념이 없었다. 알게 된 사람은 모두 친해져야 할 대상이었다. 그렇게 친해진 사람들 모두에게는 실수하지 않아야 했다. 모래를 손에 담기 위해 꽉 쥐면 쥘수록 손에 남는 모래는 적어진다. 오히려 힘을 **빼야** 더 많은 모래가 손에 남는다. 힘을 주는 방법만 알았던 나의 관계는 아슬아슬하고 남는 게 별로 없었다. 그래서 나는 힘을 **빼는** 연습을 했다. 힘을 주는 법만 알았던 내게 힘을 **뺀다는** 것은 쉽지 않았다. 친구와 아예 모르는 사람 사이의 뭔가가 필요했다. 내가 도입한 것은 '지인'이라는 개념이었다. 아는 사람이라는 뜻인 지인의 개념을 내 인생에 도입한다는 것은 큰 결심이었다. 하지만 지인이라는 개념이 내 인생에 생기자, 나의 인생은 더 편안해졌다. 관계에 전처럼 애쓰지 않게 되었다. '그렇게 꽉 붙들지 않고 있어도 돼.', '친해지지 않아도 아는 사람으로 지내도 괜찮아.' 나는 이것이 나의 인생에 생긴 첫 회색이라고 해 주고 싶다. 검정과 흰색만 있던 나의 인생에 다른 색이 들어온 것이다. 감정 또한 그랬다. 기쁘거나 슬프거나였던 나의 감정에 '힘든데 재밌어.', '재밌는데 화나.', '기쁜데 슬프다.'와 같이 다양한 감정이 섞이기 시작했다. 나는 나처럼 흑과 백밖에 없는 사람들에게 둘을 조금씩 섞어 보라고 해 주고 싶다. 삶이 더욱 다채로워질 것이다.

도망친 곳에
낙원은 없다

.

내가 고등학교 3년 내내 정말 많이 들었던 말은 "도망친 곳에 낙원은 없다."라는 말이었다. 회피성 성격을 알아채셨는지 나의 과외 선생님은 늘 그런 말씀을 해 주셨다. 어떤 것을 선택할 때 마음이 가서 내가 주체적으로 선택해야 한다는 의미였다. 무언가를 도망치듯이 선택하고 행동하는 것은 좋지 않다고 하셨다. 사실 내가 다니는 학원에서 선생님에게 꾀병인 줄 알았다는 말(7장, 겉으로 보이지 않는다고 아프지 않은 것이 아니다'에서 자세히 설명하도록 하겠다)을 듣고 정말 상처를 많이 받았다. 더 이상 함께하기 힘들 것 같았다. 그래서 학원을 옮기려고 했다. 내가 선택해서가 아니라 그 선생님을 피해 도망가는 것이었다. 울며 전화를 했다.

"선생님, 저 너무 상처받았어요. 이제 그 선생님만 보면 심장이 뛰어요."

"옮길 때 옮기더라도 선생님을 피해서 가지는 말자. 도망친 곳에
낙원은 없는 거야."

　정말 도망치고 싶었다. 나는 강하지 않은 인간이다. 나약
한 인간이다. 하지만 나는 '도망친 곳에 낙원은 없다.'를 계속
생각했다. 그리고 버텨 보기로 했다. 내가 학원을 옮긴다면
필히 도망치는 일이 될 것 같았다. 내가 도망치고 싶을 때마
다 늘 선생님이 계셨다. 나는 나약한 인간이라 힘든 일이 있
으면 도망치고 회피하고 싶었다. 그럴 때마다 선생님은 나의
의견을 제지하기보다는 도망이 아닌 선택으로 나의 마음을
바꿔 주셨다.
　나는 이것을 정말 추천한다. 모든 일은 마음먹기에 달려
있다. 같은 결과가 있더라도 나의 마음에 따라 많은 것이 바
뀔 수 있다. 도망친 곳에 낙원은 없다. 도망치는 것이 아닌
나의 선택으로 살아가는 것이다. 주체적인 삶을 사는 것이
중요하다.

나 너처럼 실행력 좋은 애
처음 봤어

　내가 나아진 후 변화한 것은 나를 찾게 되었다는 것이다. 먼저 추진력이 생겼다. 추진력이 생긴 것이 왜 나아져야만 할 수 있는 것일까를 생각해 보면 나는 두 가지 정도를 떠올릴 수 있을 것 같다.

　첫 번째로 의욕이다. 무언가를 진행한다는 것은 상당한 의욕이 필요하다. 의욕이라는 것은 우울증과는 거의 상극이라고 생각한다. 앞에서도 이야기했듯이 밥 먹고 씻는 것도 힘든데 무언가를 추진하고 진행하는 것은 정말 어려운 일이다. 나는 나아지면서 의욕이 생겼다. 무언가를 하고 싶어졌다. 이 책을 쓴 계기도 나의 경험이 누군가에게 도움이 됐으면 좋겠다는 생각이 있었고 그 생각이 책을 출간해 보고 싶다는 의욕으로 발전했기 때문이다.

　두 번째는 끈기다. 끈기의 사전적 정의는 '쉽게 단념하지 아니하고 끈질기게 견디어 나가는 기운'이다. 쉽게 단념하지 않고 끈질기게 견디다. 나는 이것이 내가 나아지고 변화한 큰 부분 중 하나라고 생각한다. 우울증이 심할 때는 무언가를 시작하기도 쉽지 않았지만 무언가를 끈기 있게 해내는 것도 쉽지 않았다. 겨우 해냈던 것이 띄엄띄엄 썼던 일기장 한 권이었다. 그것도 '일기 매일 써야지!' 하는 다짐에서 온 것이 아닌 감정 쓰레기통 용도의 일기였다. 하지만 나아지고 난 이후 나는 시작한 일을 끝내기 시작했다. 계획한 양의 공부를 했고 계획한 일정에 맞게 글도 썼다. 계획이 생긴다는 것은 목표가 생긴다는 것과도 비슷한 의미인 것 같다. 목표가 생기면 그에 따른 일정들이 생기고 그 일정에 맞는 계획들이 생기기 때문이다. 나는 엄청나게 즉흥적이기 때문에 목표가 생기지 않으면 계획이 생기지 않는 편이다. 그렇기에 나에게 목표가 생기고 일정이 생기고 계획을 세워서 지켜 나가는 것은 엄청난 끈기가 생겼기 때문에 가능한 변화였다.

나아짐에서 온 많은 변화는 나에게 추진력을 주었다. 추진력은 목표를 향하여 밀고 나아가는 힘이라고 한다. 이 말을 뜯어보면 추진력은 목표가 존재해야 하고 밀고 나아가는 힘 또한 존재해야 한다. 나는 나아지면서 그 두 개가 생겼고 엄청난 추진력이 생겼다.

"나 너처럼 실행력 좋은 애 처음 봤어."

　내가 나아지고 들었던 말 중 가장 좋은 말이었다. 내가 나아졌다는 것을 실감하게 해 주는 말이었고 내가 추구하는 바와 일치하는 말이었기 때문이다. 나는 아무것도 하지 못하는 사람보단 저지르고 후회하는 사람이 되고 싶다. 완벽한 것이라도 아무것도 하지 못한다면 그저 숨은 보석일 뿐이다. 불완전한 것이라도 일단 도전하고 수정하는 것이 더 발전적이라고 생각한다. '불완전함' 그것이 나이다. 나는 완전하지 않다. 그것을 인정하기까지 너무나 힘든 시간을 보냈고 인정하고 난 후 나아지기 시작했다. 불완전함이 나쁘다고 생각하지 않는다. 나는 책을 쓰면서 초고를 쓰는 과정보다 수정하는 과정을 즐겼다. 나의 글을 다시 읽고 수정해 내고 피드백 받는 과정은 나를 더 발전시켰다. 흔히 문제집은 앞부분이 가장 지저분하고 많이 닳아 있다고들 한다. 나는 그것의 문제는 '꼼꼼하게 보지 못함'이 아니라 그저 끝까지 마무리하지 못함에 있다고 생각한다. 엉성하게라도 끝까지 마무리해 놓으면 모자란 부분을 채우는 것은 어렵지 않다. 뼈대를 세우고 살을 붙이는 것이다. 뼈대를 세우는 것이 초고를 쓰는 과정이고 문제집을 한 권 끝까지 보는 것이라고 생각한다. 이 과정이 되지 않으면 아무것도 되지 않는다. 완벽에 완벽을 추구하는 것이 아닌 '일단 저지르고 수정하는 것' 이것이 내 추진력의 비결이고 내가 더 많은 것을 할 수 있었던 이유이다.

아프지만 평범한 스물입니다

사람이
좋아지다

    나는 내향적인 사람이었다. 사람을 좋아하지 않았고 소수의 친구와 깊은 관계를 추구했다. 4장 처음에 '나아지는 과정은 나를 찾는 과정이다.'라는 말을 했을 것이다. 나는 내가 외향적으로 변한 것 또한 진짜 나를 찾은 것으로 생각한다. 내가 내향적이었던 진짜 이유는 '실수에 대한 두려움' 때문이었다. 사람을 많이 만나고 이야기를 하다 보면 자연스럽게 말을 많이 하게 된다. 말을 많이 하고 기분이 좋으면 실수하게 되었다. 나는 그렇게 하는 실수가 좋지 않았다. 우울증이 심했던 시절 나는 내가 설정한 꾸며진 내가 있었고 그것에 나를 맞추기 위해 노력했다. 실수는 내가 설정한 나에서 벗어나는 행동이었다. 그리고 나는 그것이 두려웠다. 진짜 나에 대한 자신감이 없었다. 진짜 나에 대한 자신감은 자존감에서 온다. 자기를 존중하는 것이 필요하다는 것이다. 하지만 나는 나를 존중해 주지 못했고 이상적인 나를 만들어 평화로운 상태를 유지하려고 했다. 싸우지 않는 것은 내 인생에서 가장 중요한 일이었다. 나는 누군가가 나를 미워하는 것이 견딜 수 없었다. 나의 자존감은 친구들에게서 왔기 때문이었다. 그래서 나는 적을 만들지 않는 데 최선을 다했다. 내가 설정한 이상적인 나는 '리액션을 잘 해 주고 상대방에게 상처가 될 말은 하지 않으며 같이 있을 때 웃음이 나는 사람'이었다. 이러한 것들은 나를 틀 안에 갇히게 했다. 내가 슬프고 위로받아야 할 상황이 되어도 웃음이 나는 사람이 되기 위해 억지웃음을 지었고 나의 의견을 피력해도 될 상황에서 나의 의견이 상처가 될 수 있다는 생각에 나의 의견을 접어 두기도 했다.

그랬던 내가 사람을 좋아하게 되었다. 새로운 사람을 만나는 것을 즐기고 말도 많이 하게 되었다. 내가 이렇게 할 수 있었던 이유는 이상적인 나를 벗어던졌기 때문이다. 나는 현재 있는 그대로의 나로 살고 있다. 웃기는 말을 하는 나도 나이고 진지한 말을 하는 나도 나이다. 지금도 같이 있을 때 행복한 사람이 되고 싶다는 생각에는 변화가 없다. 하지만 변화한 것은 더 이상 그 틀에 갇혀 살지 않는다는 것이다. 그렇다고 무례하게 행동한다는 의미는 아니다. 너무 조였던 끈을 알맞게 조절한 기분이다. 과거의 나의 시선으로 본다면 현재의 나는 사과할 것투성이에 신경 쓰일 일이 한가득이다. 하루하루가 힘들었을 것이다. 하지만 지금의 나는 그렇지 않다. 사람들과 이야기하며 힘을 얻고 의견을 나누며 더 많은 아이디어를 얻음을 느낀다.

경로를
이탈하셨습니다

'길을 잃었다.' 나는 5년을 넘게 우울감과 불안으로 고생해왔다. 그랬던 나의 가장 큰 관심사는 우울증의 해결이었다. 내일이 없는 삶을 살았다. 내일이 오지 않았으면 했다. 그랬던 나에게 내일이 생기자 나는 무척이나 혼란스럽다. 새 목표를 정해야 한다. 기존 나의 목표인 '우울증 낫기'가 아닌 새 목표가 필요하다. 그게 대학일까? 나는 재수를 하고 있다. 재수생의 목표는 당연히 대학일 것이다. 나의 꿈도 그러했다. 사람들이 말하는 '좋은 대학'에 가고 싶었고 그것이 나의 목표였다. 그렇지만 나는 요즘 그런 생각을 한다. '과연 좋은 대학이 나의 목표인가?', '내 인생이 대학을 위해 굴러가는가.' 나는 길을 잃었다. 어디로 가야 할지, 내가 가는 방향이 맞는지 알 수 없다. 나는 내가 나아지면 황금빛 세상이 펼쳐질 줄 알았다. 행복은 나 자신에게서 오는 것으로 생각했다. 내가 나약하기에 행복하지 못한 것으로 생각했다. 지금의 나는 나약하지 않다. 약간은 행복도 한 것 같다. 하지만 사람들과 내 자신은 그다음을 요구한다. 다음이 생겨 본 지가 얼마 안 됐기 때문인지 나에게 다음이란 너무 어려운 과제이다. 다음이 있게 살아 본 적이 없기에 내가 만드는 다음이 맞는 길인지 알 수 없다. 같은 옷을 입고 같은 수업을 듣는 고등학생 때와 다르게 스무 살의 삶은 다양하다. 그런 사람들에게 점수가 매겨지는 것은 아니다. 그렇기에 우리는 삶에 우열을 가릴 수 없다. 각자의 목표에 맞게 각자의 오늘을 살고 내일을 살기 때문이다. 그래서 더 슬펐다. 다른 사람들은 잘 사는 것 같은데 나만 길을 잃은 것 같아서. 나만 도태된 삶을 사는 것 같아서. 나는 아직 길을 잃은 나에게 해 줄 수 있는 말이 없다. 믿고 밀고 나가라는 말도, 틀렸으니 다른 길로 가라는 말도 해 줄 수가 없다. 그렇지만 난 내일도 공부할 것이고 글을 쓸 것이다. 방향은 잘 모르겠지만 시작한 것은 어떻게든 끝내야 한다는 것이 나의 생각이기 때문이다. 그런 의미에서 추진력은 내일도 살아야 할 이유를 준다. '그래도 시작했으니, 끝을 봐야지.'라는 생각이 길을 잃었음에도 아무것도 하지 않고 주저앉아 울며 시간을 낭비하지 않고 꿋꿋이 걸어갈 힘을 주었다. 아무것도 하지 않아 보니 아무것도 하지 않는 것보단 갔다가 돌아오는 것이 빠르다는 것을 느꼈다. 경찰대

아프지만 평범한 스물입니다

시험을 보러 간 날이었다. 지도 앱을 실행하고 갔음에도 불구하고 길은 매우 헷갈렸다. 처음 보는 학생이 나에게 말을 걸었다.

"혹시 어떻게 가는지 아세요?"
"아니요, 몰라요. 근데 그냥 가 보려고요."
"여기 맞겠죠?"
"아니면 돌아오면 되죠. 빨리 갔다가 돌아오는 게 빠를 것 같아요."
"일찍 나와서 다행이에요. 늦지 않겠어요."

우리는 한 번 잘못된 길로 갔고 한 번 돌아왔다. 하지만 결국 길을 찾았다. 우리가 도착한 곳은 정문이 아니었지만, 후문에서 기다리고 있던 분께서 문을 열어 주셨다. 나는 이것이 나의 인생과 비슷하다고 생각한다. 우리는 멈추지 않았고 결국 길을 찾았다. 모든 사람이 정문으로만 등교하라는 법은 없다. 모든 사람이 한 번에 길을 찾아야 하는 것도 아니다. 나는 이 생각을 길을 잃은 나에게, 또 길을 잃은 사람들에게 전하고 싶다.

몸뿐만 아니라
마음도 관리해 줘야 한다

우리는 건강을 위해 운동을 하고 비타민을 먹는다. 균형 잡힌 식단을 하기 위해 노력한다. 하지만 놀랍게도 마음에 대해서는 그렇게 신경 쓰지 않는다. '다들 이 정도는 견디고 살겠지.', '내가 나약해서 그런 거야.' 자신의 마음에는 유독 엄격해지는 경향이 있다. 하지만 정신 건강은 몸의 건강만큼 이나 중요하다. 남들이 보기에 아주 훌륭한 삶을 살고 있는 사람이 있다고 해 보자. 규칙적인 생활을 하고 균형 잡힌 식 단으로 밥을 먹으며 운동도 꾸준히 한다. 그런 사람이 스스 로는 행복하지 않다면 훌륭한 삶이라고 할 수 있을까? 우리 는 모두 행복하길 원한다. 건강하길 바라는 것도 오늘 하루 를 열심히 살아 내는 것도 나 자신이 행복하길 바라서일 것 이다. 그게 바로 정신 건강 또한 챙겨야 하는 이유이다. 정신 이 건강하지 않으면 행복해지기 쉽지 않다. 자꾸만 부정적인 생각이 들고 우울해지는 와중에 행복까지 챙기기는 쉽지 않다. 나는 모두가 행복해졌으면 한다. 그렇게 되기 위해서는 몸의 신호뿐만 아니라 마음의 신호도 예민하게 파악하고 치료해 주는 것이 필요하다.

나는 만병의 근원인 스트레스에 관해서 이야기해 보려고 한다. 스트레스 해소에 가장 중요한 부분은 내가 할 수 있는 것과 할 수 없는 것을 구분하는 것이다. 내가 해결할 수 있는 부분에 대해 받는 스트레스는 해소될 수 있다. 하지만 내가 해결할 수 없는 부분에 대해 받는 스트레스는 해소될 수 없다. 가령 '내가 왜 태어났을까.'라든가 '화산이 터지면 어떡하지?' 같은 것들이 있을 수 있다. 이미 태어나 버렸고 자연재해는 막을 수 없다. 그런 것에 스트레스를 받기 시작하면 불안은 걷잡을 수 없이 커지고 생각은 점점 커져 나를 집어삼킬 것이다. 내가 어떻게 할 수 없는 것은 깔끔하게 포기하고 해결할 수 있는 것에 집중하는 것이 좋다. 이렇게 내가 할 수 있는 것과 없는 것을 구분하고 나면 내가 해야 할 일이 명확하게 보인다. 과외 선생님이 걱정이 많은 나를 보며 해 주셨던 이야기 중에 기억에 남는 말을 소개해 보려고 한다.

"지인아, 사람의 몸에는 수의근과 불수의근이 있어. 수의근은 대뇌의 작용을 받기 때문에 너의 의지가 관여하는 거야. 그리고 불수의근은 너의 의지대로 움직일 수 없는 근육을 말해. 인생도 똑같아. 네가 어떻게 할 수 있는 수의근이 있고 어떻게 할 수 없는 불수의근이 있어. 네가 어떻게 할 수 없는 일들 제발 신경 쓰지 마. 인생은 네가 할 수 있는 일만 하기에도 바빠."

나는 이 말을 듣고 큰 깨달음을 얻었다. 내가 할 수 있는 것과 할 수 없는 것들을 구분하기 시작했다. 예를 들어 성적이 나오지 않아 스트레스를 받는 상황이라고 해 보자. 그럴 때 나는 '나는 왜 이렇게 똑똑하지 않을까?' 같이 고칠 수 없는 부분에 집중하는 대신 지금 할 수 있는 것에 집중했다. 머리를 비우고 해야 할 공부를 했다. 특히 학업 스트레스는 집중하는 상황에서 많이 사라지는 부분이기 때문이다. 주변에 아무리 조언을 구해 봐도 고민은 깊어질 뿐이었다. 결론은 그냥 더 많이 공부하는 것이 맞다는 것이다. 다음 예시로는 친구나 가족에 대한 스트레스이다. 이 경우를 인간관계 스트레스라고 해 보겠다. 나의 경우에 인간관계에서 스트레스가 오는 이유는 그 사람을 너무 많이 신경 쓰기 때문이었다. 특히 가족의 경우 매일 함께해야 하므로 더 신경이 쓰일 수밖에 없었다. 그래서 나는 할 수 있는 것과 없는 것을 구분했다. 매일 봐야 하는 사람을 바꿀 수 없지만 저 사람을 보는 내 마음은 바꿀 수 있는 것으로 구분했다. 그래서 신경 쓰이는 사람을 아예 모르는 사람인 것처럼 생각했다. 그러면 신기하게 마음이 많이 편해졌다. 나에게 신경 쓰이는 행동을 해도 그저 '저 사람 좀 이상하네.'라고 생각할 수 있게 되었다. 물론 이런 방법이 좋은 방법이라고 생각하지는 않는다. 하지만 내 마음을 조금 변화시키는 것만으로도 스트레스를 많이 줄일 수 있다는 것을 알려 주고 싶었다.

우울과 친해지는 다섯 번째 방법
: 결국 다 에피소드

에피소드 : 어떤 이야기나 사건의 줄거리에 끼인 짤막한 토막 이야기

　두려움이라는 감정은 시도하지 못하게 한다. 특히 실패에 대한 두려움은 도전에 대한 가능성을 줄인다. 세상은 빠르게 변해 간다. 우리는 그에 맞춰서 변화하고 도전해야 한다.

　그렇다면 두려움을 줄일 수 있는 방법은 어떤 게 있을까? 실패에 대한 두려움은 성공해야 한다는 부담감에서 온다. 성공해야 한다는 부담감을 줄이면 실패에 대한 두려움 또한 줄어드는 것이다. 인생은 굴곡이 있기에 아름답다. 하루하루가 모여 매일이 되고 한 편의 드라마가 된다. 실패는 나라는 드라마의 주인공에게 생긴 하나의 에피소드인 것이다. 그리고 그 드라마는 해피 엔딩일 것이다. 이렇게 생각하면 성공에 대한 부담감이 줄어들고 결론적으로 두려움 또한 줄어든다.

제6장

편견에
맞서다

☺

☺

☺

—————— 아파도, 너무 힘들어도, 내가 우울증인 것을 알아도 편견이 두려워 병원을 가지 못하는 사람들이 많이 있을 것이다. 나는 정신과를 정말 가고 싶었던 사람임에도 불구하고 편견이 무서웠다. 내가 받게 될 시선이 두려웠다. 그래서 정신과에서 약을 먹고 치료를 받게 된 뒤에도 아무에게도 말하지 않았다. 그러던 내가 우울증에 대해 책을 쓰고 주변 사람들에게 알리기 시작했다. 그리고 나는 다양한 반응을 보게 되었다. 그래서 제6장에서는 내가 우려했던 편견에 대한 생각과 경험을 적어 보려고 한다. 혹시라도 편견이 있는 사람들이 있다면 이 글을 읽고 정신과에 대한 생각이 바뀌는 계기가 되었으면 좋겠다.

☺

똥이 무서워서 피하나
더러워서 피하지

  병원에 갔을 때 선생님이 했던 기억에 남는 말이 있다. 바로 '나쁜 것은 피합시다.'였다. 그날도 사람에게 상처받고 병원에 간 날이었다. 선생님은 상처받은 나에게 여러 가지 이야기를 해 주셨다.

  "좋은 자극만 찾고 살 수는 없지만 나쁜 것은 피하는 게 좋아요."
  "전 잘 끊어 내지 못하는 것 같아요."
  "그럴 땐 아예 끊어 내지는 못하더라도 조금 멀어져 봅시다."

  나는 이 말이 참 공감이 되었다. 나는 모두가 말리는 관계도 붙들고 있는 나쁜 습관을 가지고 있었다. 버림받는 것이 무서웠기 때문이다. 내가 놓는 관계는 그렇지 않은 것 아니냐고 생각할 수 있겠지만 나는 내가 놓음으로써 누군가에게 미움받는 것도 싫었던 것 같다. '적을 만들지 말자.' 내가 늘

했던 생각이었다. 그렇게 나는 '거절 없는 사람'이 되었다. 나에게 거절이란 그 사람을 내 손으로 내치는 일이었다. 그렇기에 나는 거절할 수 없었다.

"지인이는 '싫어'가 없어."

처음에는 칭찬이라고 생각했다. '나 그렇게 싫지 않은데 왜 싫어야 하지?'라고 생각했다. 시간이 지나고 보니 싫지 않은 것이 아니었다. 나의 주체가 내가 아니었기 때문에 나도 내 마음을 몰랐다. 관계는 동등해야 한다고 생각한다. 한쪽이 갑이 되고 다른 한쪽이 을이 되는 순간 맞춰 줘야 하는 사람이 생긴다. 늘 나 자신이 을이라고 생각했던 나는 나의 의견을 낼 수 없었던 것이다. "싫어"가 없다는 사람들의 말은 어느샌가 칭찬이 아니게 들리기 시작했다. 그때부터였다. 의견을 내기 시작한 것이. 정말로 괜찮은 일이라도 의견을 내려고 노력했다. 그러면서 했던 것이 하나 더 있는데 미안해하지 않는 것이었다. "미안한데 나 정말 안 될 것 같아." 대신 "안 돼, 안 돼. 나 그날 바빠."라고, 쿨하게 이야기하려고 노력했다. 관계 부분에서도 큰 노력을 했다. 병원에 다녀오고 내려놓는 연습을 했다. 좋은 것만 옆에 두지는 못해도 나쁜 자극은 피해야 한다고 생각하려고 노력한다. 내가 정말 좋아하는 친구 E가 있다. 그 친구는 항상 좋은 사람만 옆에 둔다. 자신에게 나쁜 영향을 주는 관계는 잘 끊어 낸다. 결론적으로 항상 자기 일에 집중하는 모습을 보인다. 항상 그 친구를 보면 좋은 영향을 많이 받고 많이 주는 사람이라는 생각이 든다. 나는 그 친구를 보며 그런 생각을 한다. 좋은 관계를 맺는 것도 중요하지만 나쁜 관계는 피하며 지금 하는 일에 집중하는 것은 참 중요하다는 생각을 말이다.

겉으로 보이지 않는다고
아프지 않은 것은 아니다

　우울증은 피검사나 소변검사 등 여러 가지 검사를 통해 알아낼 수 있는 병이 아니다. 열이 난다거나 기침을 하는 것 같은 증상도 없다. 그렇기에 다른 사람들이 보기에 내가 아프다는 것이 그다지 심각해 보이지 않을 것이다. '네가 과민한 거 아니야?', '다들 아프고 살아. 너만 특별한 거 아니야.' 이렇게 생각할 수 있을 것이다. 나는 우울증이라는 것을 숨기고 살았다. 그 이유는 여러 가지가 있다. 먼저 듣지 않아도 될 이야기들을 듣기 싫었기 때문이다. 나는 정말 아픈데 다른 사람들이 나에 대해 평가하는 것이 듣고 싶지 않았다. 내가 우울증이 아니었다면 듣지 않아도 됐을 말을 듣고 싶지 않았다. 그러다 책을 쓰게 되면서 나의 우울증 사실을 여러 사람에게 말하게 되었다. 대부분의 사람, 특히 가까운 사람들은 호의적이었다. '많이 힘들었겠다.'라고 위로해 주었다. 하지만 문제는 나와 잘 알지 못하는 사람들이었다. 나는 재

수학원에 다닌다. 그러면서 병원도 다닌다. 그렇기에 자주 조퇴해야 하는 일이 생긴다. 그것 때문에 문제가 생겼다. 나는 아침에 배가 너무 아파서 내과에 갔다. 그리고 급성 장염이라는 진단을 받았다. 병원에 들렀다가 학원에 갔다. 공부를 하던 중 버틸 수 없을 것 같아서 조퇴를 하려고 선생님께 찾아갔다. 선생님은 조퇴를 시켜 줄 수 없다고 하셨다. 내가 너무 조퇴를 많이 해서 이번에는 좀 참으라고 하셨다. 그때 당시 나의 우울증이 심해져서 병원을 조금 자주 다니던 시기였다. 그것을 트집 잡은 것이다.

"제가 요즘 좀 아파서 병원에 자주 다녔어요."

"그래도 안 돼. 조퇴 습관 돼. 그렇게 조퇴하고 싶으면 어제 말했어야지."

"제가 오늘 배가 아플 걸 어제 어떻게 알아요?"

"그리고 너 약(우울증 약) 먹는 거 때문에 배 아픈 거 아니야?"

"그거랑 상관없어요. 먹은 지 오래됐어요."

"어차피 너 아픈 거 만성인 것 같은데 집 가서 쉰다고 낫는 거 아니야. 그냥 공부해. 그리고 다들 병원(정신과) 다녀. 너만 특별한 거 아니야."

"저 진짜 아파요. 집 가서 쉬어야 할 것 같아요."

"그리고 너 병원 멀리 다녀서 외출 아니고 조퇴로 다니는 것 같은
데 수능 전에 옮겨."
"선생님이랑 이미 오래되어서 바꾸면 안 좋을 것 같아요. 바꾸면
약도 다시 적응해야 하고요."

　과연 내가 우울증이 아니라 다른 병이었어도 이렇게 쉽
게 말할 수 있었을까? 나는 우울증이 특별하다고 말하는 것
이 아니다. 많은 사람들이 우울증을 앓는다. 나도 그중 한 명
일 뿐이다. 하지만 모두 아픈 사람들이다. 특별하지 않다고
아프지 않은 것이 아니다. 특히 정신과에서 잘 맞는 선생님
을 만난다는 것, 그 선생님과 관계를 형성한다는 것은 중요
하다. 환자를 오래 지켜보고 약을 잘 써야 하기 때문도 있고
정서적인 문제도 있다. 정신과 선생님에게는 다른 사람에게
는 할 수 없는 이야기들을 많이 하게 된다. 정확한 진단을 위
해서도 있지만 그것 또한 치료의 일부이기 때문이다. 또한
정신과는 약을 오래 쓰게 된다. 약의 적응 기간 또한 긴 편이
다. 부작용은 적고 효과는 최대화하기 위해 노력해야 한다.
그렇기에 병원을 바꾼다는 것은 신중해야 할 일이다. 약을
바꿔야 할 수도 있고 선생님과 잘 맞지 않을 수도 있기 때문
이다. 또한 사람 대 사람으로 하는 일이기에 라포(rapport) 형

성도 다시 해야 한다는 부담이 있다. 그런데 그런 일을 잘 모르는 사람이 학원과의 거리가 멀다는 이유 하나로 쉽게 말하는 것에 상처를 받았다. 그 선생님은 장염 병원은 옮기지 않고 한 군데를 다니는 것이 좋을 것 같다고 말하셨다. 그러면서 정신과는 잘 모른다는 이유로 겉으로 보기에 아파 보이지 않는다는 이유로 쉽게 말했던 것이었다. '모른다는 것'이 모든 일을 용서받을 수 있는 만능 치트키가 될 순 없다. 모를수록 조심해야 하는 것이다.

"꾀병인 줄 알았어요."

내가 하루 종일 엉엉 우니 엄마가 선생님께 전화를 걸었다. 선생님께서는 외향적이고 밝아 보이는 내가 우울증이라는 것을 믿을 수 없었나 보다. 엄마에게 내가 꾀병을 부려 자주 빠지는 줄 알았다고 생각했다고 한다. 실제로 내 친구들 또한 외향적으로 보이는 내가 우울증이라는 사실에 놀라는 반응을 보였다. 하지만 꾀병이라는 말은 처음 들어 봤기에 놀라지 않을 수 없었다. 나는 두려워졌다. 내가 앞으로 살아가야 할 세상의 편견을 마주하는 것 같았기 때문이다. 우울증 환자들이 우울증 사실을 고백하는 데에는 큰 용기가 필요

하다. 그렇기에 누군가 자신이 우울증임을 말한다면 상처가
되는 말은 지양하는 것이 좋지 않겠느냐는 생각을 해 본다.

아프지만 평범한 스물입니다

정신과 약,
위험한 거 아니야?

　특히 정신과 약물에 대한 편견은 참 많다. '계속 먹으면 중독이 될 것 같다. 건강에 좋지 않을 것 같다. 약이 부작용이 많을 것 같다.'와 같은 여러 편견이 있다. 나 또한 경험한 적이 있다. 내가 장염에 걸린 것이 정신과 약 때문 아니냐는 질문을 받아 봤기 때문이다. 우울증 약을 1년 넘게 복용한 나에게 우울증 약이 위험한 것 같냐고 묻는다면, 나는 고민하지 않고 위험하지 않다고 대답할 것이다. 나의 경험이 일반화될 수 없다는 것을 안다. 하지만 나의 경험이 편견을 없애는 데 조금이나마 도움이 됐으면 한다.

　내가 겪은 첫 번째 부작용은 '졸림'이었다. 이것이 내가 느꼈을 때 가장 큰 부작용이었다. 약을 먹으면 마치 감기약을 먹은 것처럼 졸려졌다. 그걸 느낀 건 저녁에 일찍 잠들었음에도 불구하고 새벽 3시에 잔 것 같은 느낌이 들었을 때였다. 하지만, 이 증상은 금방 사라졌다. 조금 길게(1~2주 정도) 감기

약을 먹은 듯한 기분이었다.

　두 번째는 어지러움이었다. 심각한 정도는 아니지만 약간 어질어질한 느낌이 오래 지속되었다. 특히 앉아 있을 때 핑 도는 느낌이 들 때가 자주 있었다. 이 부작용 또한 약에 적응되니 금방 사라졌다. 선생님이 설명해 주신 또 다른 부작용으로는 속이 좋지 않을 수 있다고 한다. 하지만 정신과 약 또한 다양한 종류가 있다. 부작용이 있다면 의사 선생님과 상담 후 나와 잘 맞고 부작용이 적은 약을 찾아 나가면 될 일이다. 모든 약에는 부작용이 있다. 하물며 우리가 머리 아플 때마다 먹는 타이레놀도 부작용이 있다.

　나는 약을 먹었을 때의 부작용보다 효과가 더 컸기에, 또 부작용은 금방 사라졌기에 걱정하지 않고 약을 먹는다. 정신과 약 때문에 걱정하는 사람들이 있다면 병원에 가서 잘 맞는, 부작용이 적은 약을 찾아 가는 것도 좋은 선택일 것 같다.

그럼에도 불구하고

이 모든 편견에도 불구하고 나는 정신과에 다닌다. 이유는 단 하나이다. 나는 살고 싶기 때문이다. 병원에 다니기 전 나는 정말 죽을 것만 같았다. 죽을 것 같았는지, 죽고 싶었는지, 죽을 만큼 힘들었는지 구분도 되지 않았다. 그냥 내 머릿속은 온통 죽음에 대한 생각뿐이었다. 나는 우울증에 대해 많은 검색을 했고 많은 검사를 받아 봤다. 결과는 늘 주요 우울장애였다. 그리고 검색할 때마다 보험에 대한 부분이나 취직에 대한 부분은 늘 따라 나오는 주제였다. 나 또한 무서웠고 지금도 무섭다. 언젠간 취직을 해야 할 테고 보험을 가입해야 할 때가 올 것이다. 나는 미래의 나에게 우울증이라는 흠을 남겨 주고 싶지 않았다. 나는 취직이나 보험에 대해서 또 남게 될 의료 기록에 대해 아는 것이 없다. 하지만 내가 병원을 가는 것이 문제가 생길 수 있다는 사실 정도는 알 것 같았다. 그런 문제가 아니더라도 사람들의 불편한 시선이 내가 감내해야 하는 문제 중 하나라는 것은 자명한 사실이었다. 그럼에도 불구하고 나는 내 발로 정신과에 갔다. 따라올 문제들은 모두 내가 살아 있어야 의미가 있는 것들이다. 내가 이 병으로 죽게 되면 아무 걱정도 의미가 없어지는 것이다. 나는 일단 살고 고민하기로 했다. 저울질을 한 것이다. 미래의 나에게 닥쳐올지도 모르는 일에 현재의 나를 희생하는 것과 미래를 걱정할 수 있는 정신 상태 중에 후자를 택한 것이다. 나는 정신과에 편견이 없는 사람 중 한 명이었다. 그런 나조차 병원에 가는 것을 말할 때까지는 몇 년의 시간이 걸렸다. 나는 오늘도 무섭다. 나의 병이 나의 발목을 잡을까 봐. 나의 병이 나를 이상한 사람으로 만들까 봐. 그렇다고 정신과에 가고 약을 먹는 것을 후회하냐고 묻는다면 나는 단 1초의 고민도 없이 아니라고 대답할 것이다. 나는 병원에 다니고 약을 먹으며 행복해졌다. 인간관계도 원만해지고 가족들도 지금의 나를 더 좋아한다. 결정적으로 나는 지금의 나 자신이 더 좋다. 잠들기 전에 울지 않아도 되고 사람 만나는 것이 두려워 심호흡하지 않아도 된다. 가장 중요한 것은 더 이상 죽고 싶지 않다는 것이다. 삶의 질이 너무나 올랐기에 나는 후회하지 않는다.

내가 있는 곳은
바닥이 아니다

드라마 〈엄마 친구 아들〉에서 위암 진단 이후 우울증에 걸린 석류에게 약혼자인 현준은 말한다.

"빌어먹을 우울증, 진짜."
"내가 아는 배석류가 아닌데 어떻게 받아들여."
"너 언제까지 그 우울에서 허덕일래."
"끝내는 내 발목 붙잡고 너 있는 바닥까지 날 끌어내리면, 그때 그만할래?"

이런 대사들이 나온다. 드라마 속 우울증 환자인 석류도 상처받았지만, 실제 우울증 환자인 나 또한 상처를 받았다. 우울증은 나를 내가 아니게 만든다. 나 또한 그랬다. 우울한 것이 사람들 눈에도 티가 날 정도였고 성격도 소심하고 예민해졌다. 나의 그런 모습이 사람들에게는 받아들이기 힘든 예민함이었을 수 있었겠다는 생각이 나를 힘들게 했다.

흔히 감정은 전염된다고 한다. 나의 우울함이 다른 사람에게도 고통이 될 수 있다는 사실을 저 대사들을 통해 다시 한번 깨달았다. 그러나 내가 있는 곳은 바닥이 아니다. 그저 조금 아플 뿐이다. 우리는 감기에 걸린 사람에게 그곳이 바닥이라고 하지 않는다. 하물며 더 심각한 병에 걸린 사람에게도 그 병이 네 바닥이라고 말하지 않는다. 신기하게도 우리는 우울증 환자들에게만 그곳이 바닥이라고 말한다. 바로 편견인 것이다.

우울증은 재발이 많다고 한다. 나 또한 지금은 괜찮지만 언제 다시 시작될지 모른다는 불안을 안고 산다. 나는 드라마를 보고 생각해 보았다. 나의 가장 가까운 사람이 나를 이해해 주지 못하고 상처를 준다면 정말 힘들 것 같았다. 과거에 이해받지 못한 경험이 있냐고 묻는다면 나는 있다고 대답하겠다. 지금까지 변함없이 나의 가장 가까운 사람은 나의 엄마이다. 그리고 엄마는 내가 힘들다고 했을 때 병원 대신 진로상담센터에 보냈었다. 꿈을 찾지 못해서 힘든 것으로 생각했던 것 같기도 하고, 우울증이라는 것을 인정하기 싫었던 것 같기도 하다.

우울증 환자에게 중요한 것은 약물이나 상담 치료만이 아니다. 가까운 사람에게 받는 정서적 공감과 지지가 환자를 낫게 한다. 우울증 환자가 주변에 있다면 편견 있는 시선 대신 진심으로 이해해 보려고 시도해 보는 건 어떨까. 놀랍게도 정말 많이 좋아진다는 것을 느낄 수 있을 것이다.

우울과 친해지는 여섯 번째 방법
: 꼭 행복해야 해?

몇 가지 질문에 대해 생각해 보자.

"행복이란 무엇일까?"
"가장 행복한 순간이 언제였는가?"
"인생에 힘든 순간이 있었는가?"
"그럼에도 불구하고 당신은 행복한 사람인가?"

나는 행복한 사람이냐는 질문에 행복한 사람이라고 대답할 것이다. 행복은 사건이다. 오늘 맛있는 걸 먹어서 행복하고, 꿈을 이뤄서 행복하다. 그러나 행복한 사람은 사건이 아니다. 인생에는 힘든 순간과 행복한 순간이 모두 있다. 우리는 때로는 힘든 시간을, 때로는 행복한 시간을 보낸다. 그리고 그 시간들이 모여 나라는 사람을 만든다. 불행한 시간과 행복한 시간 모두 있는데 어떻게 행복한 사람일까? 우리는 행복한 사건으로 불행한 시간을 견뎌 낸다. 그리고 잘 견뎌 낸 뒤에는 달콤한 행복이 찾아온다. 그런 경험들이 모여 행복한 사람이 되는 것이다. 행복이 사진이라면 행복한 사람은 동영상이다. 이렇게 생각하면 불행한 시간이 왔어도 나의 감정과 더 가까워질 수 있다. 지금 행복하지 않아도 지금 행복한 사람이기에.

오늘이 모여 미래가 되겠지

처음 이 책을 쓸 때는 '공감이 되는 책을 쓰자.'라고 생각했다. 책을 쓰다 보니 하나의 목표가 더 생겼다. '괜찮아질 수 있다는 희망을 주자.'이다. 나는 현재 1년째 약을 먹고 있지만 꽤 안정적으로 살아가고 있다. 매일 아침 고데기를 두 번씩 확인해야 하는 건 여전하지만 전처럼 죽고 싶지 않다. 이 책의 제목인 '아프지만 평범한 스물입니다'도 그러한 의도를 담은 제목이다. 약을 먹고 아프다는 것을 인정해도 평범하게 살아갈 수 있다는 것을 알리고 싶었다.

나는 내가 아픈 것을 숨기기에 급급했다. 내가 아픈 것을 드러내면 나를 동정 어린 눈으로 쳐다보는 것이 싫었다. 이 책을 쓰면서 많은 사람들에게 공개하게 되었지만 놀랍게도 아무 일도 일어나지 않았다. 나는 여전히 그들의 친구이고 가족이며 평범한 학생이다. 우리 모두 마음에 불안이와 슬픔이를 가지고 산다. 우울증 환자들은 그저 조금 유별난 불안이와 슬픔이를 가지고 사는 것이다.

책을 써 놓고 읽어 보니 '아, 너무 어두운 내용이 많은가?', '좀 바꿔 볼까?'라는 생각을 했다. 하지만 그냥 그대로 쓰기로 했다. 이 책의 처음 목표가 '솔직함'이었기 때문이다. 솔직함은 공감할 수 있게 한다. 솔직한 나의 이야기가 많은 사람들에게 공감이 되었으면 한다.

또 나는 이 책이 우울증 환자를 이해할 수 있는 계기가 됐으면 한다. 나는 유튜브에서 임신을 준비 중인 한 여성분이 임신했을 때의 기분을 느껴 보기 위해 수박을 차고 하루를 생활하는 영상을 본 적이 있다. 무엇이 불편한지를 알아보기 위한 목적이었을 것이다. 나는 우울증 환자를 이해하는 것도 다르지 않다고 생각한다. 나는 이 책이 수박이 되었으면 한다. 그 사람의 입장이 되어 생각해 보는 것, 불편함을 체험해 보고 생각을 이해하는 것이 올바른 배려를 할 수 있는 방법이다.

이 책을 읽는 독자들은 나처럼 숨기지 않았으면 한다. 혼자 모든 것을 짊어지고 살 필요는 없다. 우리는 모두 인정받고 공감받고 위로받을 자격이 있는 사람들이다. 흔히 우울증을 '마음의 감기'라고 표현한다. (동의하지는 않는다. 감기보다는 마음의 골절이나 마음의 콜레스테롤에 가까운 것 같다.) 우리는 "나 감기

걸렸어."라고는 아무렇지 않게 말한다. 하지만 "나 우울증 걸렸어."를 말하기는 쉽지 않다. 그럼에도 불구하고 나는 터놓고 이야기하는 것이 중요하다고 생각한다. 나의 이야기를 털어놓는 것이 공감의 시작이기 때문이다.

아프지만 평범한 스물입니다